UNE SIMPLE INTERVENTION

YAEL INOKAI

UNE SIMPLE INTERVENTION

Traduit de l'allemand par Camille Logoz

ZOE

Domaine alémanique dirigé par Camille Luscher

Les Éditions Zoé remercient Pro Helvetia, fondation suisse pour la culture, pour son soutien à la promotion et à la traduction de ce livre.

Titre original : *Ein Simpler Eingriff*

46 chemin de la Mousse
CH-1225 Chêne-Bourg, Genève, 2024
www.editionszoe.ch
Maquette de couverture : Notter + Vigne
Illustration : © Jackie Smith Fine Art
ISBN 978-2-88907-318-4

*Les Éditions Zoé bénéficient du soutien
de la République et Canton de Genève,
et de l'Office fédéral de la culture.*

Pour Phyllis

Octobre, le temps des fantômes. Je me revois jeune femme dans le miroir. Dans mon regard, de la conviction. Sans un soupçon de doute. J'ai la vingtaine et j'ai compris le monde.

Plus tard, quand j'en saurais davantage, je regretterais cette époque. Ma certitude m'avait protégée.

J'étais infirmière dans une clinique où se pratiquait un nouveau genre d'intervention. Ces interventions avaient pour but de délivrer des personnes de leurs troubles psychiques, pour qu'elles ressortent avec un nouvel avenir, un véritable avenir, pas juste une existence qui piétine.

Je me retenais à cet espoir. Parce qu'à la clinique, la règle était plutôt le désespoir. Il nous arrivait souvent d'être à bout de ressources. À bout de ressources, une autre infirmière n'aurait jamais dit ça. Après tout, nous étions là jusqu'à la fin, et même au-delà. Mais ce constat ouvrait chaque fois pour moi un gouffre.

Pendant l'intervention, j'étais celle qui assistait le docteur. Il dirigeait ses instruments vers les zones atteintes du cerveau, et les neutralisait. Les femmes et les hommes restaient conscients. Nous nous assurions ainsi de ne pas toucher à ce qui était en bonne santé. Je les occupais et leur enlevais leur peur. J'appelais ça la compassion : la compassion, c'est mon terrain, quelque chose que je maîtrise bien.

C'était une intervention toute simple. Les suites pouvaient être douloureuses, mais c'était passager. Et quelque chose de nouveau commençait. C'est ce qu'on m'avait appris. Je m'y raccrochais.

MARIANNE

1

La journée affleure : pluie à la fenêtre. Les pas des autres. Le cliquetis des vélos, tirés et chargés, avant que les premières les enfourchent et disparaissent dans le petit matin.

Le foyer d'infirmières était en bordure de la ville. La zone industrielle commençait à la rue d'en dessous, à droite du foyer. Nous passions toujours par la gauche, devant le quartier de maisons mitoyennes aux longs avant-toits, à travers le petit bois, jusqu'à la clinique. À mi-chemin, on pouvait bifurquer vers la ville.

Le foyer avait ses heures animées et ses heures calmes. Jamais tout à fait silencieuses. Parfois un rêve déchirait ma nuit et je restais allongée là, dans l'obscurité, à écouter la maison. À écouter l'eau qui bruissait dans le mur, dans les tuyaux, à repenser à l'appartement où j'avais grandi et dont j'avais longtemps cru qu'il était en carton. Je restais là et j'entendais les autres s'affaisser dans leurs lits, un corps fatigué dix fois plus lourd qu'un corps éveillé, et je prenais alors conscience du poids que portaient ces matelas : des os, de la chair, du sang et tout ce qu'un œil engrange.

Je me rendormais juste avant le ronronnement du réveil. Ces quelques minutes me propulsaient très loin. Le chemin du retour était long. J'étirais les orteils, les doigts sous la couette, seule ma tête n'était pas enfouie. Les chaussons n'étaient jamais là où je les supposais, j'atterrissais toujours sur le sol glacé. Ma voûte plantaire s'arquait d'effroi. Surtout ne pas lambiner.

Les toilettes étaient au bout du couloir, à l'opposé de notre chambre. Leur entrée était étroite, froide, deux fenêtres donnant sur la cour. Chaque matin, j'exécutais ma petite danse grelottante dans la file, en attendant de pouvoir me soulager.

Une odeur aigre flottait au-dessus des lavabos. Les bras levés, on se lavait les aisselles avec un gant de toilette. Dans l'air, un relent de rêves agités, le sable et la terre des yeux que les malheureuses se frottaient pour en ôter le sommeil.

Je me lavais les mains et j'aspergeais mes joues, mon front et ma bouche d'eau froide, je buvais, crachais la nuit qui me restait toujours pâteuse sur la langue.

Après ma toilette matinale, j'enfilais l'une de mes robes. Je choisissais en fonction du temps. Elles servaient à me conduire porte à porte. J'étais négligente avec elles. Les autres me rendaient attentive aux taches, aux trous et aux déchirures.

Le déjeuner dans le réfectoire était bref. Cinq minutes suffisaient. À cette heure, presque aucune de nous n'avait faim. Certaines, comme moi, étaient conditionnées à manger quand il y avait à manger. Elles ingéraient stoïquement les pommes et la bouillie d'avoine, buvaient avec gratitude le café dilué. Il y avait celles qui engloutissaient deux ou trois rations et faisaient ainsi provision. Parmi elles, quelques enthousiastes mangeaient comme pour un vrai repas. Aucune ne le boudait. Une infirmière au ventre vide n'était d'aucune utilité.

De retour dans la chambre, je n'avais plus qu'à passer ma veste. Je fermais la porte derrière moi, rejoignais le flot d'infirmières qui descendaient les escaliers, enfilaient les chaussures et se dirigeaient vers les vélos. Je saisissais d'un geste assuré le guidon familier. Nous montions en selle et partions.

Nous ne parlions pas. Les bicyclettes émettaient leur propre concert crépitant.

Cela faisait huit ans que je travaillais à la clinique. Je ne m'étais jamais imaginé d'autre monde pour moi. D'autre routine que celle-ci. Entre infirmières, chacune se préparant à ses tâches.

2

J'étais fière de qui j'étais avec l'uniforme. Je me souviens parfaitement de la sensation dans les vestiaires, matin après matin, la toile blanche et rigide sur ma peau, les boutons qu'on ferme, la montre-broche qu'on accroche, le bonnet qu'on coiffe. La personne que je devenais alors. Celle que j'avais toujours préféré être.

Mon service se trouvait au cinquième étage. J'y avais suivi une grande partie de ma formation, et j'y étais restée.

Avant de prendre mon service, je me lavais les mains. Elles ne tremblaient plus sous l'eau froide. Elles s'étaient habituées aux lavages permanents. Les premiers mois, elles étaient rouges et gercées, constamment irritées, elles me tançaient le soir dans mon lit, quand je voulais dormir. Mais le corps s'habitue à presque tout.

Puis venait la transmission. Les infirmières de nuit essayaient de masquer le passage des dernières heures sur elles. Quand elles énonçaient un simple numéro de chambre, elles me regardaient. Certaines à travers moi, le gouffre au fond des yeux.

Un simple numéro de chambre. Quelqu'un était mort. Je sentais alors toujours l'incrédulité enfler dans ma gorge.

Quand j'entrais dans les chambres, elles étaient déjà nettoyées. Autrefois, ç'avait été ma tâche, d'effacer les traces des défunts. Je balayais la mort de la chambre et triais les affaires abandonnées. À l'époque, le moindre livre, la moindre photo pouvait me soulever le cœur. J'ai été soulagée quand ça m'a passé.

J'étais ensuite devenue responsable des valises. Je devais m'en occuper avant que les roues de ma journée ne s'engrènent. La mort était un phénomène nocturne. Rares étaient ceux qui osaient l'exception.

Les valises m'accueillaient sur la table. Tout ce que les défunts avaient déballé à leur arrivée y avait à nouveau été rangé. Je défaisais les boucles et vérifiais que cela avait été fait avec soin. Puis je refermais la valise, la soulevais et l'apportais aux objets trouvés. Nous les gardions six semaines. Si personne ne les réclamait, nous les donnions aux pauvres.

De temps à autre, j'entendais dire qu'on était venu chercher une valise. Je voyais alors des femmes, des hommes et des enfants dans le couloir. Ils s'installaient sur un banc, les valises béantes. Leurs mains ensevelies dans les pulls et les robes. Un marque-page dans un livre, qu'on lisait encore quelques jours plus tôt. Ils fouillaient éperdument dans les images, papiers et flacons. S'étonnant peut-être que tout soit là. Ou alors c'étaient ces personnes, dont ils croyaient tout savoir, qui redevenaient soudain des énigmes.

D'autres valises restaient indéfiniment. Je pouvais désormais prédire lesquelles, même si cela me déplaisait. Je les rangeais sur les rayons du fond, pour éviter de les voir chaque fois que j'ouvrais la porte. J'espérais tout de même que quelqu'un viendrait et les emporterait, comme j'espérais pour les chaises vides près des lits que quelqu'un viendrait et s'y assiérait – quelques minutes, tendre la main, dire bonjour. C'était aussi simple que de respirer. Et pourtant rien n'est plus compliqué.

Les vieilles infirmières disaient : travaille avec le temps. Il sera de ton côté. Pas aujourd'hui, pas demain, mais un jour, quand tu seras ici depuis assez longtemps et que le nombre de personnes que tu auras soignées dépassera de loin ce qu'on peut compter.

Au fond, c'était facile. Surmonter les jours, les mois et les années, remplies des questions qu'elles soumettent aux jeunes gens, c'était à la portée de chacune. Arriverait le moment où je me ferais aspirer par le temps. Il suffisait de tenir bon.

Les infirmières disaient : lève-toi chaque jour comme tu t'es levée la veille, mange, bois ton café, enfourche ton vélo, viens là, accomplis tes tâches, et ta tête suivra. À chaque récurrence, tu progresseras, jusqu'à ce que le travail soit en toi. Comme tes poumons sont en toi. Comme ton cœur est en toi. Tu n'auras alors plus peur que les choses t'affectent. Tu auras une vision globale, tu ne distingueras plus les visages. La nausée ? Ne t'inquiète pas, elle passera.

Une fois, une valise est tombée par terre. Sa propriétaire était venue de loin, et soudain, sur les derniers mètres, la force l'avait quittée. J'ai entendu un bruit sourd, et j'ai su que quelqu'un était dans le couloir, à m'attendre.

Une valise parmi des milliers d'autres, avec deux livres, deux photos, un stylo, un crayon, un passeport, une robe, un gilet de laine, une chemise de nuit, des sous-vêtements, des pantoufles, une brosse, un parfum, du vernis à ongles, une clé et un jeu de cartes.

Les vieilles infirmières me disaient de travailler avec le temps. Il me délivrerait de ces visions.

Sarah n'y croyait pas : « Jamais je n'oublierai le visage de mes patientes. D'où te vient l'idée que le temps pourrait être de notre côté ? »

3

Il y avait un livre. Je l'avais ouvert d'innombrables fois pour le lire à ma sœur. « Il était une fois… » L'histoire d'une renarde qui s'endormait dans la nacelle d'une montgolfière et qui faisait le tour du monde par mégarde.

Enfant, Bibi ne voulait rien entendre d'autre avant de s'endormir. Même pendant ses promenades somnambules, cette histoire avait le pouvoir de la ramener au lit.

Bibi était née cinq ans après moi, à la surprise générale. Pendant un certain temps, elle, mon frère Wilm et moi avions partagé une chambre, l'appartement n'en ayant que deux et l'autre étant définitivement attribuée à mes parents. Mais un jour, Wilm avait fait son balluchon, déclaré qu'il ne survivrait pas à l'adolescence s'il restait à proximité immédiate de ses deux sœurs, et avait déménagé dans la cuisine. Chaque matin, il repliait son lit qui servait de banc la journée, et où nous nous asseyions tous les trois au moment de passer à table. Il fallait attendre qu'il ait remis le couvre-lit pour que Bibi et moi puissions prendre place.

Elle allait souvent le voir quand elle était somnambule. Wilm récitait l'histoire de la renarde sans même un coup d'œil au livre. Je l'entendais parfois dans un demi-sommeil. D'abord son cri en trouvant notre sœur au pied du lit en pleine nuit, le regard vide car complètement ailleurs. Puis ses mots, sa voix chaude, qui s'éraillait légèrement.

Quand je suis partie pour ma formation, Bibi a discrètement glissé dans mon sac le livre esquinté. Je l'ai trouvé des semaines après mon arrivée au foyer. L'irruption de l'hiver appelait un gros pull en laine. Elle l'avait enveloppé dans ses mailles. Avec un petit mot sur la première page : *pour que tu retrouves le chemin vers moi.*

4

La jeune femme et moi avions toutes les deux vingt-cinq ans. Dans son dossier, j'ai vu que trois jours seulement séparaient nos dates de naissance. Ça m'a frappée.

Son père était en retard. Seule dans le couloir, elle a d'abord regardé autour d'elle. Elle ne tremblait pas et son regard ne trahissait aucune peur. C'est le genre de choses dont on se défait facilement. Mais le corps ne se laisse duper que jusqu'à un certain point. Les mains deviennent moites, le bagage auquel elles s'agrippaient à l'instant leur échappe. Et en s'écrasant par terre, la valise signale qu'on voyage chargée. Non pas qu'on prévoie de rester longtemps. Une valise lourde a pour fonction de transposer un chez-soi, avec toutes ses babioles inutiles, dans un espace étranger – sans quoi il serait impossible d'y séjourner.

La femme est arrivée dans la matinée. Je sortais d'une intervention ; la patiente émergeait sans complications du brouillard de l'anesthésie et dérivait lentement vers son corps endolori. Le docteur aimait particulièrement opérer le matin, pour commencer la journée. Il aimait aussi la nuit, les urgences, il ne protestait jamais quand on l'appelait à des heures impossibles. L'après-midi en revanche lui était pénible. Ces heures où le matin est recru de fatigue et où on attend plein de torpeur la tombée de la nuit. Le docteur en profitait pour effectuer ses tâches administratives.

La jeune femme s'est hâtée de ramasser sa valise. C'était incontestablement une Ellerbach, grande, droite, avec un visage qui n'aurait jamais pu être celui d'une personne précaire. Un visage qui respirait l'argent et une certaine considération dans le monde. Elle venait d'une famille d'entrepreneurs, connue dans toute la ville. Leurs usines se trouvaient dans la zone industrielle derrière le foyer des infirmières. C'était aussi une famille de philanthropes. La philanthropie était au cœur de leur action, répétait inlassablement le père lors de ses apparitions publiques. La fondation de l'entreprise rénovait écoles et bibliothèques, et soutenait les élèves surdoués. Elle transformait des terrains privés en parcs publics. Les Ellerbach s'inscrivaient dans la ville. Partout on trouvait des plaques à leur nom.

Voilà à quoi j'ai pensé la première fois que je l'ai rencontrée en chair et en os. Je connaissais son visage pour l'avoir vu dans le journal. Ils étaient quatre, les enfants Ellerbach. Trois frères et elle. C'était la cadette. Elle s'appelait Marianne.

J'ai tendu la main et elle m'a donné sa valise, sans croire comme certaines que je cherchais à serrer la sienne.

« Bonjour. Vous venez me chercher ? » D'abord elle ne m'a pas regardée. Elle continuait de scruter les environs, suivant du regard les deux infirmières qui passaient devant nous. J'ai eu le temps de me faire tranquillement une première impression, de ravaler ma surprise en voyant à quel point elle était finalement quelconque. « Une belle journée, n'est-ce pas ? » Son regard s'est arrêté sur une porte de chambre entrouverte. Elle essayait de lorgner à l'intérieur. « Mais ici tout est… très blanc. Ça ne vous dérange pas ? »

Elle a renoncé à son inspection. Elle s'est tournée vers moi et m'a regardée pour la première fois de face. Moi aussi j'étais grande. Elle ne s'y attendait pas. Elle qui voyait toujours le crâne des gens, son regard arrivait à hauteur de mon front.

« Vous êtes grande, a-t-elle relevé avant de rire de son constat, si fort que les deux infirmières se sont retournées dans le couloir.

— Je m'appelle Meret, ai-je dit.

— Ça vous va bien. »

Il y avait une boîte bleue. C'était ma boîte à outils pour les interventions de ce type. Elle était pleine d'objets qui maintenaient les gens occupés : des livres, des images, des devinettes, des jeux de cartes, des allumettes, un feuilletoscope, un mini-accordéon. La plupart étaient des objets abandonnés, sauvés des valises sur le point de devenir la possession des hospices.

Ces objets étaient aussi là pour moi. Ils me donnaient une contenance. Quand je sortais la boîte bleue de l'armoire et l'apportais à mes patientes, je me sentais confiante.

En choisir un pour Marianne Ellerbach n'a pas été difficile. Quand elle a ouvert sa valise, au milieu des brosses et parfums, j'ai aperçu un jeu de cartes. J'ai tout de suite su que celui de la boîte lui plairait. Ces cartes étaient particulièrement belles, avec un motif en filigrane sur l'envers.

« J'ai vu que trois jours seulement séparent nos dates de naissance, ai-je dit. Vous êtes venue au monde la première, le douze septembre, et le quinze c'était moi.

— Vraiment ? »

Elle a lâché ses affaires et s'est assise sur le lit. Sans hésiter un instant. Elle balançait les pieds. J'ai pensé qu'elle disposait d'une grande liberté. Peu importe où elle allait, elle s'asseyait, sans tergiverser. Sans jamais se demander où était sa place.

Nous étions toutes les deux tournées vers la porte, guettant l'arrivée du père et du docteur. J'en savais tant sur elle, et elle ne savait rien sur moi. Je savais pour ses épisodes. Il y avait en elle une colère qui pouvait enfler au point d'exploser, et de tout dévaster à coups de jurons, de cris et de bagarre. Cette colère surgissait sans prévenir. Celles et ceux qui se tenaient à proximité avaient rarement le temps de se mettre à l'abri. La supériorité physique des trois frères ne leur était d'aucune aide ; la colère de Marianne prenait le dessus.

J'avais souvent vu des photos de la famille Ellerbach dans le journal local. Le père, point fixe vers lequel tout tendait, les meubles y compris, était entouré de ses trois fils, de sa femme et sa fille. Marianne se tenait toujours près du même frère, le plus jeune, d'un an et demi son aîné. La ressemblance avec le père était frappante.

Sur nos photos de famille, Bibi était aussi toujours à côté de Wilm. Toujours à côté de son grand frère, qui avait les cheveux, le nez et la bouche du père. Mais pas les yeux.

Tandis que son regard balayait la pièce, j'ai observé Marianne. Ses épisodes ne se devinaient pas. Bien sûr, il y avait son rire sonore, une agitation dans ses membres. Et elle avait quelque chose d'enfantin. À sa façon de poser ses yeux où bon lui semblait, sur n'importe quoi et n'importe qui, elle aurait pu avoir la moitié de son âge. Hormis cela, rien ne signalait son trouble. Mais la prétendue normalité peut vite basculer. Je le savais désormais.

Quand le père est entré, elle ne s'est pas levée. « Bonjour », a-t-il dit à sa fille, et elle a hoché la tête, retournant placidement son salut. C'était sans doute la seule personne à ne pas se lever instinctivement quand il entrait dans une pièce. Moi-même, j'avais reculé d'un pas, sans m'en apercevoir.

Elle lui a tendu son front pour qu'il l'embrasse. Il a brièvement posé sa main sur sa nuque et l'a attirée contre lui. « Allons, allons », a-t-il murmuré. Pendant un instant, une seconde peut-être, ce n'était plus un Ellerbach qui emplissait toute la pièce, mais juste un père témoignant de la tendresse à sa fille. Elle continuait de balancer les pieds – non pas une adulte, mais une enfant s'abandonnant à cette tendresse.

Quand le docteur est arrivé, j'ai constaté avec surprise que même lui avait l'air pâle aux côtés d'Ellerbach, comme une photo dont les couleurs auraient passé. Pourtant, il faisait forte impression. Non pas en raison de ses caractéristiques physiques. Le docteur n'était ni grand, ni corpulent, et son visage n'avait rien de spécifique. Mais il savait qui il était. Il s'imposait par cette certitude.

« Bonjour », a dit le docteur. Et comme l'effet usuel se faisait attendre, il s'est tourné vers moi, a pointé le dossier dans ma main et m'a ordonné : « Prenez des notes, s'il vous plaît. » Il aurait tout aussi bien pu dire : « Respirez, s'il vous plaît. »

Ellerbach avait tenu à ce que le docteur les voie d'abord seul, sans ses assistants. Un souhait de patient important qu'on aurait refusé, outré, à n'importe qui d'autre. Mais voilà que le docteur s'asseyait carrément, pour être à hauteur de sa patiente.

« Ces épisodes…, a-t-il commencé.

— Ce n'est pas moi ! »

Il a acquiescé. Une objection bienvenue. « Non, ce n'est pas vous. Bien sûr que non. C'est pour ça que je voudrais vous débarrasser de cette colère. Si vous me laissez faire. »

Elle a hoché la tête, incertaine.

« Il y a quelque chose en vous, et je vais l'endormir. Ça ne vous dérangera plus. Ça dormira pour toujours. C'est aussi simple que ça. »

Le docteur lui a expliqué la procédure. Il a pris soin d'éviter les mots qui l'auraient inutilement effrayée. Le père avait entendu une autre version. Et le personnel en connaissait encore une autre. Mais ce qu'il lui disait n'était pas moins vrai. Elle avait beau être toute simple, c'était une opération délicate. La peur rend les choses délicates.

La jeune femme l'a écouté. Tout à coup elle a demandé : « Ça fait mal ?

— Non, ça ne fera pas mal. »

Pour la première fois depuis que les autres étaient entrés dans la pièce, elle a cherché mon regard. J'ai acquiescé d'un signe de tête. Pas de douleurs. Elles viendraient plus tard. Mais on n'en parlait jamais à ce stade.

Puis le docteur est revenu aux épisodes. On commençait par là et on terminait par là, pour que la patiente n'oublie pas à quel point son trouble était grave, et qu'elle ne se dise pas qu'elle pourrait finalement continuer à vivre comme elle l'avait fait jusque-là. « Il faut imaginer votre trouble comme une marée, a-t-il dit, la mer se retire, puis elle revient. Aussi sûrement qu'elle se retire, elle revient. Et plus elle se retire loin, plus l'eau monte quand elle revient. » Il a marqué une pause, jaugeant au regard de Marianne l'efficacité de son image. « Un jour, cette marée emportera tout avec elle. Et il ne restera plus que les médicaments pour vous protéger, vous et vos proches. »

Il a tiré deux photos de son classeur et les lui a présentées. Une jeune femme de son âge. Et la même femme, à peine plus âgée, ravagée par les traitements médicamenteux.

Marianne a regardé les photos presque sans ciller, elles ne suscitaient pas l'effroi escompté. Elle y repenserait plus tard, quand le doute grandirait en elle et avec lui le besoin de se lever et de partir. Elle se souviendrait alors de la jeune femme sur l'image.

« C'est important que vous soyez présente », a dit enfin le docteur. Il n'abordait pas toujours ce point avec autant de prudence. Par manque de temps, il lui était déjà arrivé de lancer cette phrase juste avant de se retirer. C'était ensuite à moi de reprendre au vol. Mais pas avec elle. Elle avait droit à une introduction précise, scrupuleuse, à des mots choisis avec soin. « C'est vous qui nous guidez. C'est une présence sans douleur et sans peur. Vous êtes là, les yeux ouverts…

— Non », a-t-elle dit. Sa voix s'est brisée. « Je ne veux pas. Je veux dormir, et quand je me réveillerai, tout doit être terminé.

— C'est *comme* dormir.

— Et pourquoi ne pourrais-je pas dormir ?

— Ça va plus vite qu'un rendez-vous chez le dentiste. » Le père. On pouvait toujours compter là-dessus : un coup de pouce des proches pour gâcher la manœuvre au dernier moment.

« Un rendez-vous chez le dentiste ! » Elle a plaqué sa main sur sa bouche, son regard affolé allant du docteur à la porte. Ça fusait en elle. Ce n'étaient pas des souvenirs agréables. Elle voulait s'enfuir.

« On jouera aux cartes », ai-je dit. J'ai posé le dossier, pris les cartes dans la boîte bleue et les lui ai tendues. Son père m'a regardée pour la première fois. Il ne m'avait pas encore remarquée, je n'étais qu'un objet de plus dans cette pièce.

« Je pourrai jouer aux cartes ? » Elle a ôté la main de sa bouche, a saisi le jeu de cartes et l'a ouvert en éventail. Ce geste lui était familier. Cela faciliterait les choses. La peau a sa propre mémoire. Elle nous rattrape toujours.

« Oui. Ou chanter. Certaines personnes chantent. S'il y a une chanson que vous aimez… on pourra aussi chanter. »

La peur s'est atténuée dans son regard. Elle a tourné la main pour observer le dos des cartes.

« Tu sais, a-t-elle dit en se tournant vers son père, l'infirmière est née seulement trois jours après moi. »

5

Le cerveau est une carte topographique. Tout ce qui me constitue est situé quelque part. J'ai endossé mon métier avec cette image. Elle avait du sens. Des tumeurs compriment les nerfs optiques et entraînent une perte de la vue. Des maladies neurologiques privent les êtres humains de mémoire, de langage, de leurs capacités motrices une par une, jusqu'à ce qu'ils n'arrivent même plus à refermer leurs doigts sur rien. Ces maladies peuvent être localisées. Pourquoi en serait-il autrement des troubles psychiques ? Pourquoi ne pourrait-on pas eux aussi les éliminer, et laisser les êtres humains retourner à une vie digne de ce nom ?

L'intervention était rapide. La plupart du temps, nous ne passions pas plus d'une heure en salle d'opération. Elle était simple, et comme tout ce qui est simple, il avait fallu du temps pour la développer et la peaufiner. Le bon instrument, les bonnes mains pour utiliser l'instrument, et les bonnes voix pour accompagner la procédure. Et l'échec bien sûr. Personne n'aimait en parler. Mais le progrès reposait sur lui.

Le docteur n'avait qu'à trouver l'endroit atteint, puis il l'endormait, comme un animal malade. Telle était sa mission. La mienne, c'était d'occuper les patients. Je devais les distraire de l'intervention et maintenir avec eux un échange constant. Leur état de veille nous garantissait que le docteur se trouvait au bon endroit avec ses instruments. J'observais le moindre mot et le moindre regard. J'enlevais aux êtres humains leur peur, qui enflait parfois indépendamment de ce que les calmants dictaient au corps.

Voilà comment nous collaborions.

Les progrès de cette époque se heurtaient bien souvent à de la méfiance. L'intervention n'avait pas encore été éprouvée. Les toutes premières fois, on n'endormait pas, on coupait. « Comme un câble qu'on sectionne », avait dit le docteur en me racontant les débuts. Était-ce vraiment nécessaire, avais-je demandé. N'y aurait-il pas eu d'autre moyen d'arriver là où nous en étions. Sa position était très claire. Au cours de toutes les années où je l'ai connu, il ne s'en est jamais écarté. « Le progrès peut être douloureux. Les choses s'améliorent, mais d'abord elles empirent. C'est comme ça. »

C'est comme ça. C'était l'une des portes qui se fermaient et derrière lesquelles le docteur disparaissait. Elles se fermaient tantôt devant son bureau. Tantôt juste devant ses yeux. Je les lui enviais.

Les infirmières du service avaient elles aussi un avis partagé sur l'intervention. Quand elles en avaient un. Certaines excellaient dans l'art de s'en affranchir. Les directives et les règles peuvent toujours servir de filet. Les opinions pas.

6

Marianne était restée paisible toute l'après-midi. Elle avait défait sa valise et enfilé une robe fluide. Quand je passais la voir une fois par heure, elle lisait ou regardait par la fenêtre pour suivre les allées et venues dans la cour. C'est là qu'elle m'a demandé une fois : « Vous feriez une partie de cartes avec moi, infirmière ?

— Vous pouvez m'appeler Meret. »

Mais ce n'était pas le genre de femme qui retient les noms.

Après les heures d'adaptation, quand les préparatifs ont commencé, elle a dit au docteur : « Faites vite. Il y a un concert à la fin de la semaine que je serais fâchée de manquer.

— Un concert ? » a demandé le docteur, et son intérêt avait l'air sincère. Il n'a pas dit : « Vous rêvez, Madame Ellerbach. Après l'intervention, il faudra vous approcher sur la pointe des pieds et chuchoter. Une mouche dans la chambre vous fera l'effet d'un marteau-piqueur. Un concert ? Vous feriez mieux d'y aller le mois prochain. »

Elle a ignoré sa question. Au lieu de répondre, elle a dit : « Et soyez précis. Seulement ce qui est malade. Le reste, j'en ai encore besoin. »

Son insolence n'a pas duré. Par la suite, elle est restée au lit, une infirmière lui avait fait des tresses. Le produit que le docteur lui avait injecté avait été absorbé par son sang et agissait. Quand je me suis enquise de son état, elle a répondu d'une voix monocorde : « Ça va. »

À la fin de mon service, j'ai été lui dire au revoir. J'ai posé ma main sur son épaule en indiquant l'heure à laquelle elle pouvait m'attendre le lendemain. « Préparez les cartes pour la revanche, ai-je ajouté. Vous y avez été fort, cette après-midi, je ne peux pas laisser passer ça. »

Quand son regard a croisé le mien, j'y ai vu la colère qui montait. Elle étincelait dans ses yeux. Comprimait sa mâchoire.

« S'il vous plaît restez. » La dernière phrase qu'elle a réussi à articuler. Ou du moins que j'ai reconstituée à partir de ce qu'elle a marmonné. Je me suis assise auprès d'elle. J'ai entendu son souffle s'accélérer. Elle respirait bruyamment. Ses membres se sont raidis. Sa main a jailli et s'est cramponnée à mon uniforme. Je l'ai laissée faire. Je ne pouvais rien contrôler.

Puis la colère a détoné. Une déflagration dans son corps. Bras et jambes se sont mis à trembler. Elle avait le souffle coupé. De la sueur a perlé sur son front. Son pouls s'est emballé. Elle a ouvert la bouche pour crier, mais sa voix n'avait plus de force, seuls des sons distordus en sortaient.

De sa main cramponnée, elle me tenait si proche d'elle que je sentais l'odeur rance pointer sous son parfum. La même odeur rance que chez tous ceux qui occupaient ces lits. L'odeur qui s'accrochait parfois à moi, même une fois mon uniforme retiré. Quand je la trouvais sur moi, je me savonnais la nuque, l'arrière des oreilles, le pli des genoux, entre les orteils et les fesses. Même la mort, je ne la frottais pas aussi frénétiquement.

La voix de Marianne gagnait en puissance. Bientôt, on l'entendrait dans le couloir. Je voulais me pencher sur elle et étouffer le bruit. Je ne voulais pas qu'on intervienne. Sa colère devait pouvoir s'écouler.

Soudain, elle s'est tue. Ses tremblements se sont atténués. Elle haletait. Son regard a trouvé le mien sans que la colère fasse barrage.

« C'est bien, ai-je murmuré, c'est bien. C'est bientôt terminé. » Son étreinte s'est relâchée. J'ai détaché sa main de mon uniforme et l'ai brièvement serrée entre les miennes. Puis je me suis levée, j'ai trempé un torchon dans l'eau froide et j'ai essuyé la sueur de son front.

Sa respiration s'est calmée. Elle a marmonné quelque chose. « Comment ? Je ne vous comprends pas. » Je me suis inclinée et j'ai mis mon oreille à hauteur de sa bouche.

« Mon frère… il joue à un jeu. » Elle semblait vouloir développer, mais un tremblement, résidu de sa colère, l'en a empêchée.

Je me suis légèrement écartée. « Tout doux. Je suis là, prenez votre temps.

— Mon frère joue à un jeu. » Elle essayait elle-même de s'apaiser. Elle a croisé les mains, fermé les yeux. Elle a pris une profonde inspiration, retenu son souffle, et expiré par la bouche. Elle aussi a ses outils, ai-je pensé. Certes bien médiocres comparés à ce que nous pouvions lui offrir. Mais ce n'était pas rien. Respirer profondément, avec concentration, ce n'est jamais rien.

« Il le fait exprès. Il dit… qu'il est maladroit. » Elle a encore tendu la main ; cette fois pas pour me saisir moi, mais le livre sur la table de chevet – et le faire tomber par terre. « Voilà. Voilà comment tombent chez nous… les vases et les verres. Seulement ce qu'il y a de plus cher. La braise de ses cigarettes troue ses costumes. Il marche sur les débris. » Elle a tourné la tête vers moi. « Vous avez des frères et sœurs ?

— Un frère et une sœur.

— Ils jouent aussi à des jeux ? »

Je me suis baissée pour ramasser le livre. Elle a suivi mon mouvement du regard.

« Ça fait longtemps, ai-je dit.

— Vous me racontez ? »

Elle a lissé la couverture. Ce n'était pas une question.

7

Les lois de notre appartement :

Enlève tes chaussures avant d'entrer.

Accroche ta veste derrière la porte.

Lave-toi les mains. Avec du savon. Avec la brosse si tu as les ongles sales. Sinon on le fera pour toi. Et tu sais si c'est agréable.

Ne crie pas ton bonjour dans le couloir, ne clame pas : je suis LÀÀÀ, comme tu peux l'entendre dans le reste de l'immeuble. Salue ton père et ta mère en allant les voir et en les regardant dans les yeux. Ou s'ils sont enfermés dans leur chambre, en regardant au moins leur porte.

Les seuls à pouvoir fermer leur porte sont tes parents.

Ton père peut aussi s'enfermer sans ta mère.

Mange quand il y a de quoi manger.

On ne parle pas à table en semaine.

Ordre de passage dans la salle de bains : ton père, ta mère, ton frère ; et pour ce qui est de ta sœur et toi, vous vous débrouillez entre vous.

Toute chose a une place, pas seulement les chaussures devant la porte. Chacun des objets. Chacun d'entre vous.

Si l'ambiance bascule, sois prompte et détourne-toi discrètement.

Si tu as manqué la seconde décisive : ne tourne pas les talons, ne te baisse pas, ne passe pas la porte. Et dis à ta sœur, même si tu le lui as déjà dit des centaines de fois, que rien ne sert de mettre la couverture sur sa tête. Tiens-toi tranquille. Tiens bon et attends que ça passe. Ça ira plus vite. Ça va se calmer. Ça finit toujours par se calmer.

Dis au revoir quand tu pars.

Ne pars jamais fâchée.

Ma sœur jouait à un jeu. Elle prenait la tension dans l'air, l'empoignait à deux mains, et l'étirait.

Ma sœur était attentive. Rien ne lui échappait, pas un cillement, pas un sourcil froncé, elle savait parfaitement quand ça basculait. Nous le savions tous. De fait, nous pouvions l'empêcher. Du moins la plupart du temps. Nous le voyions venir. Nous savions quand il valait mieux acquiescer en silence alors qu'en nous tout hurlait, quand il valait mieux remuer alors qu'en nous tout se figeait, et quand nous pétrifier alors que nos jambes auraient voulu s'enfuir. Ce n'était pas compliqué. Une fois qu'on sait, ce n'est pas compliqué. Une famille, ça s'appréhende. C'est comme se faire vacciner.

Ma sœur jouait à un jeu. Elle disait : « Vous savez que la voisine a cuisiné toute nue hier ? Regardez ! Elle va peut-être le refaire aujourd'hui ! » Elle se levait de table et ouvrait les rideaux, ce bout de tissu méticuleusement posé qui faisait de nous des gens bien, meilleurs que ceux d'en face. Deux mètres séparaient notre fenêtre de la leur. Une mère vivait là avec son fils adulte. Ils cuisinaient souvent, et ils cuisinaient dangereusement ; ils laissaient toujours brûler quelque chose. Alors ils ouvraient grand la fenêtre, et une fumée épaisse envahissait le puits de lumière. Ils se disputaient de la même manière : tout aussi souvent et encore plus bruyamment, puis ils ouvraient la fenêtre et évacuaient leur colère.

« Bibiana ! a crié mon père. Ferme le rideau tout de suite ! » Mais Bibi est restée immobile, elle prenait la tension dans l'air et l'étirait, elle toisait la minute qui ferait perdre patience à mon père, jaillir la rage de son ventre à sa tête, et trembler ses doigts. Il a laissé tomber sa fourchette. Dernier signe pour que ma sœur esquive. Elle a laissé l'occasion s'éloigner. Mon frère a essayé d'intervenir, lui a pris le tissu des mains et tiré le rideau. Mais ce n'étaient pas les mains que mon père voulait voir. Le silence s'est fait dans la cuisine. Mon père s'est levé, s'est penché par-dessus la table, a levé la main et a frappé ma sœur au visage. Le coup a claqué et les couverts ont tinté ; mon père était incapable de frapper sans se cogner ailleurs. Le monde était trop petit, même pour ses gifles.

« Maintenant assieds-toi correctement », a-t-il dit. Ma sœur a réfléchi. Voulait-elle continuer à jouer ? Dans l'ensemble, elle encaissait bien. Son corps n'était pas comme le mien. Elle prenait les coups comme une récompense. Contrairement à moi, pour qui c'était un calvaire, mais un calvaire inévitable. À chaque erreur ses conséquences, comme chacun sait. Ma sœur aimait provoquer notre père. Elle ne voulait pas juste être frappée quand elle commettait une erreur. Il devait savoir que quand il perdait le contrôle, c'était parce qu'elle l'avait décidé. Elle haïssait les fois où elle se ravisait et où il disait : « Tu as failli t'en prendre une. » Pour elle, c'était une insulte. Elle ne le supportait pas.

Cette fois, c'était assez. Cette fois, elle n'avait plus la force de continuer à jouer. Je le voyais. C'était ma sœur, je la connaissais depuis son premier jour sur terre. Le coup l'avait épuisée. Elle s'est assise. Sa joue droite luisait de sa petite victoire.

8

Je travaillais à la clinique depuis six ans et demi quand le docteur m'a convoquée la première fois dans son bureau, pour « un mot ». J'avais déjà entendu dire qu'il voulait pratiquer un nouveau genre d'intervention. Les infirmières racontaient qu'il s'agissait d'un traitement radical pour guérir les troubles psychiques. Le docteur l'avait emprunté aux hôpitaux psychiatriques et voulait le parfaire à la clinique.

À l'époque, j'étais rarement en contact direct avec le docteur. J'étais subordonnée aux vieilles infirmières, dont je recevais tous mes ordres. Mais je connaissais bien sûr ses particularités. Je l'identifiais à sa démarche sans même lever les yeux. Il ne se dépêchait pas comme nous. Il avait l'assurance d'un homme dont le temps est considéré comme précieux.

« Vous vous plaisiez en salle d'opération ? » a-t-il demandé. Il était légèrement de guingois sur sa chaise. Nous savions toutes que son dos le faisait souffrir. Ce genre de détail était primordial pour bien lire les situations avec les supérieurs. Chaque infirmière savait ce que signifiaient des épaules remontées ou des doigts blêmes sur le porte-document. Si on lui demandait quelque chose, elle percevait les fêlures dans la voix, même à peine décelables. Elle avait appris qu'il ne fallait alors pas s'aplatir. Rester droite, éviter les bruits inutiles, secouer les mains pour éviter que le malaise ne raidisse le corps.

« Vous voulez dire pendant ma formation ? »

Il a cligné des yeux. Sa façon d'acquiescer quand il avait trop mal pour bouger.

« Oui, je m'y plaisais. » Ce n'était pas un mensonge. Je comprenais pourquoi ce secteur attirait beaucoup d'infirmières. Au cours de ma deuxième année de formation, j'avais assisté à des opérations, dont une par le docteur. Tout était cadencé, j'avais été impressionnée. En salle d'opération, on prévoyait la moindre manipulation. Et l'être humain sur la table – le plus délicat pour certaines – dormait, tout simplement.

« Vous n'avez jamais songé à changer ?

— Non.

— Pourquoi ? »

Je lui ai rendu son regard. Je ne comprenais pas son intérêt sincère.

« Vous êtes consciencieuse. Respectez les protocoles. S'il le faut, vous agissez vite et de manière réfléchie. Vous aimez la médecine et croyez au progrès. C'est du moins ce que dit la direction de votre service. Et d'après mon expérience, la direction a toujours raison. »

Il s'est éclairci la gorge. « La question se pose donc : pourquoi n'êtes-vous pas là où le progrès s'accomplit ? Pourquoi travaillez-vous en service quand vous pourriez être en salle d'opération ? »

La plupart des chirurgiens étaient irascibles. Ils étaient connus pour leurs accès et les cultivaient. De manière d'ailleurs assez fiable. Le bruit et la grossièreté obéissent à des règles rudimentaires.

Avec le docteur, c'était différent. Plus calme. J'avais pu en faire l'expérience. Il demandait ses instruments, se concentrait sur sa patiente, donnait des instructions, n'élevait jamais la voix. Il ne transpirait même pas. En me lavant les mains au sortir de la salle d'opération, je m'étais aperçue que je tremblais. Tout avait été si calme que mon corps ne savait pas où se mettre.

« La délicatesse me manquerait. Dans le contact avec les personnes.

— Parlez-moi de cette délicatesse. »

En moi, quelque chose a ri. J'ai serré les lèvres pour que ça ne sorte pas.

« Donnez-moi un exemple. »

Il était peu fréquent qu'un médecin nous interroge sur notre travail. Du moins aussi ouvertement. Généralement, ils dissimulaient qu'ils avaient besoin de nos connaissances.

« Admettons qu'une patiente soit entre la vie et la mort. » Je me suis légèrement avancée sur ma chaise. « Et je sais, c'est écrit dans les directives, que je dois l'appeler par son nom de famille, parce que les prénoms… c'est pour les infirmières. »

Ses lèvres ont frémi. Un sourire ? Un instant, je l'ai redouté. Je ne voulais pas qu'il me sourie. Je ne voulais pas qu'il m'apprécie. Jusque-là, j'avais pu l'éviter. Être appréciée par un médecin se finissait rarement bien.

« Pourtant, je vais lui demander son prénom. Ou je le chercherai dans son dossier si elle ne peut pas me renseigner. Et quand je m'occuperai de cette patiente, je m'adresserai à elle par son prénom.

— Pourquoi ?

— Parce qu'un nom, c'est… une assignation. Une chose avec laquelle elle se meut dans le monde. Mais son prénom, c'est comme ça qu'on l'a appelée. Déjà avant qu'elle sache parler. C'est en elle. Plus profond que… » Je me suis tue. En articulant cette idée devant lui, j'ai eu soudain l'impression de trahir un secret. Un secret d'enfant. Le docteur pouvait le déchirer dans les airs. Je venais de lui en donner le pouvoir.

Il a posé la main sur sa poitrine. « Donc si j'étais à moitié mort et que vous m'appeliez Jonas, vous me ramèneriez parmi les vivants ? »

J'ai regardé la table. Il y avait une photo de ses filles. Quand il leur téléphonait, il hurlait toujours dans le combiné, à croire que la liaison avec son domicile était particulièrement mauvaise. On l'entendait parfois en passant devant la porte. On savait alors qu'il parlait avec l'une d'elles.

« Je ne vous appellerais certainement pas Jonas. Quel que soit votre état. »

Il a croisé les bras. « J'aimerais en savoir plus sur cette délicatesse. Bientôt. Nous en reparlerons. »

Et c'est ce que nous avons fait. À partir de ce moment-là, il m'a régulièrement convoquée dans son bureau après mon service. Il me faisait apporter du café. Il disait s'intéresser à la compassion. Il pensait qu'on sous-estimait la dimension humaine dans le traitement. Il voulait approfondir le sujet par de nouvelles recherches.

Je l'ai instruit des différentes positions des infirmières. Pour beaucoup, la compassion était à proscrire. D'autres la jugeaient dangereuse. D'autres encore étaient convaincues qu'elle était essentielle à notre travail. Sa mise en pratique au sein du service dépendait des vieilles infirmières. Dans le nôtre, on considérait que c'était une bonne chose. Une chose indispensable. C'est ce qu'on m'avait enseigné.

Quand nous étions dans son bureau, il commençait presque toujours par une observation : « J'ai vu qu'après votre service, vous avez encore pris le temps d'écrire une lettre pour la patiente. Vous l'avez écrite, mais elle a dû la dicter. Vous y teniez. Pourtant, cela aurait probablement été plus simple de la formuler vous-même. » Il disait : « Vous retenez des détails. Qui boit son thé avec du lait. Qui aime le cinéma. » Et ces observations étaient toujours suivies de la même question : « Pourquoi ? Essayez de me l'expliquer pas à pas. Comme si je n'y connaissais rien. »

Je me suis habituée aux heures passées dans son bureau. C'était un lieu où les privilèges me tendaient la main. « Et si je vous exemptais des nuits ? Ainsi vous seriez toujours là si j'ai une question ou si je veux vous montrer quelque chose. »

Parfois, en plein entretien médical, il m'interrompait d'un signe de la main et m'interrogeait sur ma famille. « Une sauvageonne, avait-il décrété la première fois que je lui avais parlé de Bibiana et de son espièglerie. Ma cadette aussi est intenable. Les aînés maintiennent le monde en place, les benjamins le mettent sens dessus dessous. C'est une loi de la nature. »

Il a saisi le téléphone. « J'aimerais pouvoir me scinder en deux et poursuivre notre discussion jusque tard dans la nuit. Mais ma fille n'est pas à la maison aujourd'hui. C'est la première fois qu'elle passe la nuit ailleurs, et je lui ai promis qu'elle entendrait tout de même ma voix. » Il a composé le numéro. Il a baissé le regard, un instant dépouillé de ses certitudes. « Pour être honnête, je suis moi-même un peu nerveux. Elle dort chez sa tante, ce n'est pas comme si elle faisait le tour du monde. J'espère vraiment que la liaison sera stable. » Il a levé la main en signe d'adieu ; je me suis levée, je suis sortie de la pièce et j'ai fermé la porte derrière moi. « Allô ?! » l'ai-je entendu hurler dans le couloir.

Je suis restée immobile. Je ne voulais pas juste disparaître dans la nuit. Dans ce bureau, avec lui, des choses devenaient possibles. Au-delà de tout ce que j'aurais pu entreprendre. C'était le contraire du désespoir.

Il a ri. Il a demandé à sa fille s'il devait lui raconter une histoire. « Ou plutôt celle que tu as déjà entendue des centaines de fois ? D'accord, si tu y tiens… »

Je me suis assise sur le banc devant son bureau et j'ai attendu qu'il raccroche. Il ne m'a pas réinvitée à entrer. À ça aussi, je m'étais habituée : c'était toujours lui qui mettait un terme à nos conversations.

9

J'étais censée être mon propre outil. Le docteur supposait que ça suffirait. Nous avons pratiqué les premières interventions ainsi.

Les patientes étaient plongées dans un état qui les gardait conscientes mais leur enlevait la douleur. Elles étaient assises sur le fauteuil d'opération, le buste incliné vers l'arrière. Le docteur et ses deux assistants se tenaient au niveau de leur tête, et moi je leur faisais face, afin que les patientes puissent toujours me voir. J'entonnais des chansons. J'épelais des mots avec elles. J'inventais des devinettes qu'elles devaient résoudre.

Ma cinquième patiente était jeune. Dix-huit ans, d'après le passeport dans son maigre bagage. Avant d'arriver chez nous, elle avait passé plusieurs semaines en maison d'arrêt pour mineurs.

L'entretien au sujet de l'intervention imminente avait été bref. Elle n'avait pas posé de question. Quand j'étais restée après le départ du docteur, elle avait dit : « Allez-y, allez-y. On a sûrement besoin de vous ailleurs. Ne vous préoccupez pas de moi. »

La veille de l'intervention, elle n'avait presque rien avalé. Elle avait à peine trempé ses lèvres dans l'eau qu'on lui avait apportée, comme si chaque gorgée était trop raffinée pour elle. Elle avait plié et rangé sous la couverture les vêtements qu'elle portait à son arrivée. Sa valise ne contenait rien d'autre qu'elle aurait pu se mettre sur le dos.

Un sentiment de manque m'a poursuivie ce soir-là. Du manque de choses et de personnes entourant cette jeune femme. Personne ne l'avait conduite à la clinique. Même ses voisines de chambre ne lui tenaient pas compagnie. Avec leurs valises rebondies et leurs visites en perspective, elles craignaient sa solitude contagieuse.

Le lendemain, j'ai pris le livre de Bibi avec moi. Il m'avait souvent consolée quand ma sœur me manquait. Cette consolation ne pourrait-elle pas se transmettre ?

En salle d'opération, ils ont voulu se moquer de moi, mais le docteur les en a empêchés. J'ai vu leurs regards quand j'ai ouvert le livre, et demandé à la patiente de me dire ce qu'elle voyait. Je me souviens de son attention. De son calme. Des regards autour de nous, brièvement surpris, avant qu'ils se détournent.

Ça a été le premier objet. Le début de la boîte bleue. Je l'ai ensuite rapidement complétée et m'en suis servie à chaque intervention. Le docteur était très content de moi. Il a lui-même contribué à la boîte, par exemple avec le jeu de cartes. Il l'avait acquis en voyage. Il était si beau, il se distinguait de tout le reste.

Le livre de Bibi, je ne l'ai utilisé que pour cette patiente. Elle s'appelait Vera. Je n'aurais pas dû retenir son nom – je ne devais en retenir aucun. Il m'est tout de même resté. Quatre lettres dans un passeport qui prouvait qu'elle existait.

Je lui ai laissé le livre jusqu'à ce qu'elle sorte de la clinique. Puis je l'ai ramené au foyer et l'ai rangé dans mon armoire. Il me semblait qu'il n'était pas fait pour cet endroit. Sa place était auprès de moi dans cette chambre. Tant que le livre était là, Bibi l'était aussi.

10

« Vous n'avez rien d'autre à faire ? m'a-t-elle demandé en mélangeant les cartes.

— Vous êtes ma seule tâche, ai-je dit.

— Ça, là ? » Marianne Ellerbach a regardé les deux piles qu'elle distribuait.

J'ai hoché la tête. C'était évidemment absurde de jouer aux cartes avec une patiente durant le service. C'était pourtant la suggestion du docteur. Une urgence l'avait retenu toute la nuit en salle d'opération. L'intervention qui devait avoir lieu le matin avait été repoussée au lendemain. J'étais donc auprès de ma patiente. Mon temps était le sien.

Le docteur avait ce pouvoir : celui de remettre mon temps entre les mains d'une autre. Il pouvait aussi nous libérer des unités qui rythmaient nos journées : sept minutes pour les valises. Huit minutes pour changer les draps. Quatorze minutes pour la toilette. Ces sempiternelles unités, d'abord chronométrées par les vieilles infirmières, et leur horloge intégrée. Jusqu'à ce que l'horloge vienne se loger en moi.

« Où habitez-vous, au fait ? » Elle a retourné la première carte. Depuis que la veille, je lui avais parlé de Bibi et de son jeu, elle me posait toute sorte de questions. Je connaissais cette curiosité. La plupart de celles qui occupaient ces lits y étaient sujettes. Et je savais l'échappée qu'elles espéraient y trouver. Alors j'empruntais les histoires qu'on racontait à table au foyer. J'empruntais les rêves des infirmières. J'empruntais leurs maris. Ou j'inventais une autre vie à mes frère et sœur, si simple, si détachée de tout ce qui les caractérisait, que j'en rougissais ensuite à chaque fois.

«Je vis dans un foyer d'infirmières. Pas loin d'ici.

— Avec des chambres partagées?» Elle avait quelque chose – je ne savais quoi. Mais lui raconter des histoires empruntées, inventées, me semblait inconcevable.

«Oui.

— J'ai fréquenté un internat pendant quelques années. Il y avait aussi des chambres partagées.» Elle avait donc l'habitude de transporter son chez-soi. Je m'en étais doutée. Ses affaires avaient vite été disposées, comme un chapiteau qu'on monte et démonte d'une main entraînée.

«Vous vous y plaisiez?»

Elle a haussé les épaules.

«Je crois. Parfois ça me répugnait. Cette proximité. L'observation constante. Certaines filles fouillaient dans le tiroir des autres, lisaient les journaux intimes. Et les cheveux dans les douches. Les petits caillots de sang qui s'y accrochaient.» Elle a froncé le nez. «On ne pouvait jamais oublier qu'on avait un corps parce que… toutes avaient toujours un corps.

— Oui. C'est pareil chez nous.» Toujours cette odeur chaude aux toilettes. J'aurais pu dire qui venait d'y passer. Déjà avant de connaître les noms des autres infirmières.

«Vous allez parfois en ville?

— De temps à autre.

— Et qu'est-ce que vous y faites?

— Des courses.»

Elle a eu l'air troublée. «Vous n'êtes pas une nonne, n'est-ce pas?

— Il m'arrive aussi de sortir.

— Tant mieux. Tant mieux pour vous.»

Je n'étais pas aussi avide de restaurants et de guinguettes que les autres infirmières. Je les accompagnais rarement. J'étais alors comme chacune d'entre elles. Mais ce n'était pas mon monde.

Marianne a posé une carte. Un sourire s'est affiché sur son visage. Elle était proche de la victoire.

« Une fois, j'ai cassé une dent à ma voisine de chambre. » Son regard s'est reporté sur la table.

« Parce que vous étiez en colère.

— Nous étions toutes les deux en colère. Mais j'étais plus habile de mes poings. »

J'ai essayé de lire son visage, ses yeux, son nez, ses lèvres, pour comprendre pourquoi elle me racontait ça.

« Plus tard, elle m'a offert la dent en guise de cadeau d'adieu.

— C'est... bizarre.

— Elle n'était pas douée avec les mots.

— Et qu'est-ce que la dent disait ? » J'ai posé ma carte sans la quitter des yeux.

« Appliquez-vous un peu ! » s'est-elle soudain écriée. Elle a pris la carte sur la table et me l'a remise en main. Je n'ai pas pu m'empêcher de rire. Ça a semblé encore plus la fâcher.

« Ma sœur aussi faisait ça quand elle savait que je la laissais gagner, ai-je expliqué.

— Mais vous ne me laissez pas gagner. Vous perdez, c'est tout. »

Elle a tapoté la carte à l'extérieur de mon jeu. « Essayez ça. »

J'ai obéi. Son agacement s'est dissipé.

« Ne vous inquiétez pas pour votre sœur », a-t-elle dit. À sa demande, je lui avais parlé des voyages de Bibi. Des semi et presque catastrophes dans lesquelles elle s'était déjà retrouvée. « Un jour, elle reviendra. Et elle aussi pourra être traitée.

— Elle ne reviendra pas. » Cela faisait peu de temps que je pouvais le dire tout haut. La phrase me restait encore sur la langue, comme un corps étranger.

« Bien sûr qu'elle reviendra. Combien de fois croyez-vous que je me sois enfuie ?

— Non, vous ne comprenez pas. Elle a fait ses adieux. Comme on les fait chez nous.

— On dit salut au lieu d'au revoir ?

— On ne part jamais fâché. »

Elle a secoué la tête. « Vous n'êtes pas facile à suivre, infirmière. »

11

Ma sœur pleurait. Ses larmes ne l'embarrassaient jamais. Moi, elles me mettaient en colère. J'aurais voulu les essuyer au papier de verre. D'autres fois, je la prenais dans mes bras et la serrais contre moi. « Pleure », disais-je alors, ce qu'elle faisait sans retenue, secouée, émettant des bruits d'animal blessé.

Dans notre rue, il y avait un homme à qui elle plaisait. Jusque-là, rien d'inhabituel. Bibi aimantait quelque chose chez les gens. Ils lui souriaient. Lui passaient la main dans les cheveux. Lui disaient qu'elle était une petite fille très spéciale.

L'homme vivait trois maisons plus loin, au rez-de-chaussée, avec sa femme et ses deux filles. Nous le voyions souvent. Comme il travaillait la nuit, il était matin et après-midi chez lui. La fenêtre était presque toujours ouverte, il semblait insensible au froid, à la pluie et au vent.

Les voisins l'aimaient bien. Ils restaient fumer une cigarette devant sa fenêtre. Ils lui passaient des lettres pour qu'il les traduise. Il maîtrisait trois langues étrangères.

Sa femme avait un autre rythme que lui. Ils ne se voyaient que quelques heures par jour. D'après ma mère, c'est pour cela qu'ils s'entendaient si bien et se promenaient le week-end main dans la main. C'étaient les seuls à le faire qui n'avaient plus dix-sept ans.

Une fois, ma sœur avait jeté pour rire des feuilles mortes par la fenêtre ouverte de l'homme, des brassées entières, et évidemment, une crotte de chien s'était retrouvée dans le tas. Au lieu de lui tirer les oreilles, l'homme avait ri, s'amusant de son effronterie et des restes de crotte qui collaient aux mains de Bibi. À partir de ce jour, il nous a saluées à chacun de nos passages.

« Qu'est-ce que vous fabriquez ? demandait-il. Où est-ce que vous allez ?

— Abruti, disait ma sœur. Croit-il que ses filles sont les seules qui vont à l'école ? » Elle agitait la main sans sourire. L'autre était ravi. « Une moue boudeuse, quoi de plus chic ? ! s'exclamait-il en l'imitant d'une grimace. N'est-ce pas, Bibi ? »

Ma sœur serrait les poings. « Bibiana, protestait-elle, je m'appelle Bibiana.

— Mais les gens que tu aimes bien peuvent t'appeler Bibi ?

— Oui mais vous, je ne vous aime pas bien. »

Il riait de plus belle.

L'homme surgissait parfois quand nous jouions dans la rue le week-end. Il se promenait, s'arrêtait, fumait une cigarette et agitait sa main stupide. Il me dérangeait. Je savais qu'il ne s'intéressait pas à moi, et au fond il ne nous faisait rien : il restait là, à nous observer et à nous sourire.

J'aurais voulu m'en plaindre, mais aucun lieu ne me semblait adéquat. Si je lui en faisais directement part, il nous inviterait immanquablement chez lui pour mettre les choses à plat. Ou alors il se plaindrait lui-même à nos parents, et nous risquions d'être privées de sortie. Les voisins non plus n'étaient pas une option. Ils avaient de l'estime pour lui, pas pour les enfants. Nous voyions toujours des choses qui n'existaient pas. Bibi avait beau être spéciale, ça ne l'avantageait pas. Elle n'avait pas les mots pour le dire, mais elle l'avait très bien compris.

Elle s'est mise à proposer des détours. Il fallait courir la moitié du chemin pour arriver à l'heure à l'école. Wilm ne nous a accompagnées que deux fois.

«Arrête de faire ton intéressante, a-t-il grondé sa sœur. Pourquoi tu ne peux pas te comporter normalement? Quel est le problème?»

Elle a tenté de le lui expliquer.

«Il t'a insultée?

— Non.

— Il a insulté quelqu'un d'autre?

— Non.

— Il a dit quelque chose de bête?

— Non.

— Il t'a touchée?

— Non.

— Alors...

— Alors quoi?

— Alors j'en sais rien.

— Moi non plus!

— Donc arrête.

— Arrête quoi?

— De faire ton intéressante, je te l'ai déjà dit.»

Un jour, elle s'est coupé les cheveux. Elle m'a réveillée au milieu de la nuit pour me montrer le travail. «Regarde», a-t-elle dit, et d'abord dans l'obscurité je n'ai rien distingué. Elle a pris ma main et l'a passée dans ses cheveux tout courts.

«Alors, qu'est-ce que tu en dis, tu crois qu'il va enfin me laisser tranquille?»

La rage. J'ai vu la rage que la nouvelle coiffure de Bibi soulèverait. J'ai vu les cheveux probablement éparpillés dans la salle de bains, que nous retrouverions encore dans le moindre recoin des jours et des semaines plus tard. Comment l'expliquer, comment saisir la seconde avant le basculement? Dire que ce n'étaient que des cheveux? En effet. Pouvions-nous dormir en sachant que le lendemain commencerait par une tornade, que le père cognerait d'abord Bibi, puis moi, puis Wilm ? J'étais fatiguée, je ne voulais pas, j'en avais marre qu'on me salue à cause de Bibi, qu'on me demande où j'allais à cause de Bibi, qu'on me cogne et qu'on me bouscule à cause de Bibi.

Je l'ai giflée. Je l'ai frappée au visage du plat de la main. « À cause de toi ! » ai-je hurlé sans prendre garde au ton de ma voix. Elle n'a pas paré. Elle n'a même pas baissé la tête. « À cause de toi, petite sotte ! » Une petite sotte, voilà ce qu'elle était quand on se fâchait contre elle, mon père le criait, ma mère le criait, même ceux tantôt charmés par elle. Ce charme virait vite au mépris. Parfois très vite.

Bibi a compris. Elle n'a pas dit « s'il te plaît », elle n'a pas dit « je suis désolée », seuls ses frère et sœur le disaient, nous seuls mendions, nous seuls essayions de nous cacher, nous seuls espérions qu'on battrait les autres à notre place, prends Bibi, prends Wilm, pas moi.

Elle pleurait. Je l'entendais tandis que je ramassais les cheveux aux toilettes, il y en avait partout, tout était toujours sens dessus dessous à cause d'elle, qui sanglotait et hoquetait et réveillerait bientôt toute la maison. Tout ça, c'était à cause d'elle.

12

« Non. » Elle a ramassé les cartes et les a remélangées. Elle n'a dit que ce mot. Ni une demande, ni une négociation. C'était une Ellerbach, elle décidait. Peut-être pas à la maison, pas avec ses frères, et certainement pas avec son père. Mais ici, il n'y avait qu'elle et moi.

« Il faut que vous dormiez », ai-je dit. J'ai ajouté par précaution : « C'est le docteur qui l'ordonne.

— Alors vous dormirez là. »

J'avais déjà essayé de partir deux fois. Annoncé après le 5ᵉ tour qu'il fallait que j'aille me coucher. Elle avait simplement secoué la tête, mélangé les cartes, et les avait redistribuées.

J'étais à la clinique depuis déjà seize heures. J'avais passé la matinée à jouer aux cartes. Puis je m'étais acquittée d'autres tâches. J'étais néanmoins passée voir Marianne Ellerbach toutes les heures. Je devais m'assurer qu'elle ne faisait pas de nouvelle crise. Les retards entraînaient ce risque.

Elle transpirait. Son corps savait ce qui l'attendait. Des gouttes sur le front, sous le menton, sur la nuque, tentative de produire de la fièvre et d'expulser ce que nous lui avions injecté. Quelqu'un allait venir avec un médicament pour la nuit. Voilà ce que j'attendais. Le sommeil apaiserait son corps. Qui dort est en sécurité, disent les médicaments.

J'avais remporté la dernière manche. Avec la fatigue, je semblais m'améliorer. Cela avait ravivé son esprit de compétition. Impossible toutefois de poser exprès une mauvaise carte, elle l'aurait tout de suite remarqué.

« Vous aimez votre voisine de chambre ? a-t-elle demandé.

— Oui. » Penser à Sarah m'a inondée d'une chaleur soudaine. Je me suis aperçue que je rougissais. Elle ne pouvait pas le voir. La lumière n'éclairait que nos cartes sur la table. Mais peut-être le sentait-elle. Sentait la chaleur sous ma peau et savait ce qu'elle signifiait.

« Moi aussi j'aimais la mienne.

— Vraiment ?

— Vous ne me croirez peut-être pas. Comme je l'ai dit, elle n'avait aucun talent pour les mots. Elle ne savait pas du tout comment… manipuler quelqu'un. Le blesser. Comment s'immiscer sous sa peau sans le toucher. »

Contrairement à toi, ai-je pensé.

« Et elle m'a supportée. Elle mériterait une médaille.

— Je suis certaine que…

— Non. » Elle a secoué la tête. « Je sais qui je suis. »

Elle l'a dit avec une assurance qui m'a déconcertée. Qu'est-ce qui me prenait ? Moi aussi je savais qui j'étais. Surtout avec cet uniforme. Je pouvais compter sur moi. Quand je le retirais, c'était différent. D'autres lois m'obligeaient.

« Trop chaud. » Elle a passé la main sur son front. « Il fait beaucoup trop chaud ici. » Elle a posé ses cartes, rabattu la couverture, et s'est levée. Ses jambes l'ont portée une seconde, puis le vertige l'a saisie. Elle a tendu la main, cherché un appui, et je me suis précipitée, l'ai prise sous le bras, l'ai aidée à tenir sur ses pieds.

« Je veux ouvrir la fenêtre. »

Je lui ai fait contourner le lit. Je soutenais le poids de son corps. Tout en elle était tendu, comme un ressort. Quand elle a secoué la poignée de la fenêtre, j'ai posé ma main sur la sienne pour lui montrer comment la pousser, tirer et pivoter.

Elle a frôlé des doigts l'air frais de la nuit. Elle a dessiné dans l'obscurité. Elle était si proche, je sentais son pouls, flairais l'odeur doucereuse, décelais la peur qui couvait en dessous.

Elle a tressailli. Je l'ai vue s'arracher à mon étreinte, monter sur le bord de la fenêtre et sauter. J'ai inspiré un grand coup, terrifiée.

« Qu'est-ce qui vous arrive ? a-t-elle demandé.

— Rien. » J'ai balayé cette image. « Je veux continuer à jouer. »

Elle a hoché la tête.

Elle avait tout juste posé une carte quand la porte s'est ouverte et que l'infirmière est entrée avec le médicament pour la nuit.

« Plus vite, lui a intimé Marianne, j'aimerais finir cette manche. » L'infirmière m'a jeté un regard. J'avais l'habitude. Certaines comprenaient cette histoire de boîte bleue et de temps. D'autres pas. Certaines, comme cette infirmière, maudissaient chaque minute que m'accordait le docteur. Il n'avait pas à se mêler de notre travail. Il ne devait pas laisser une infirmière jouer aux cartes. Cela ne pouvait conduire qu'à des idées stupides.

« Voilà, c'est fini. Bonne nuit. » L'infirmière est repartie. J'ai épié ma patiente. Elle a repris ses cartes. La concentration s'est diluée dans son regard. Dans un instant elle s'assoupirait. Dans un instant je me lèverais, je partirais et je laisserais la chambre et son odeur pour la nuit.

« Si ça ne fait pas mal... », a-t-elle dit, la voix de plus en plus effacée. Elle a reposé ses cartes. « ... qu'est-ce que ça fait ? Tout le monde dit que je ne vais rien sentir, mais...

— N'ayez pas peur.

— Je n'ai pas peur. » Elle a fermé les yeux. « Demain je vais disparaître.

— Votre colère va disparaître, ai-je rectifié.

— Oui. » Sa main tâtonnait sur la couverture. Je me suis demandé ce qu'elle cherchait ; au moment où j'allais me lever et me diriger vers ses affaires, elle a trouvé mes doigts et les a serrés. « Ma colère va disparaître. »

Puis elle s'est endormie.

13

Je me suis réveillée affalée sur son lit. Plus tard, je ne m'expliquerais pas comment c'était arrivé. Je me souvenais qu'elle m'avait tenu la main. J'étais restée auprès d'elle, pour ce qui n'auraient dû être que quelques minutes. Puis la fatigue m'avait emportée. Il m'a fallu un moment pour comprendre où j'étais, pour que ça atteigne mes pieds et mains engourdis. Je ne m'étais encore jamais endormie au chevet d'une patiente. Une infirmière ne faisait pas cela.

Elle avait les yeux ouverts. La tête tournée vers moi, elle me regardait. Entre nous, sur la table, il y avait les cartes, intouchées depuis la veille. À la fenêtre, il faisait encore nuit.

« Comment vous sentez-vous ? » ai-je demandé. Ma voix était poisseuse de sommeil.

Elle a cligné des yeux. Je l'ai observée de plus près. Elle était calme, ne transpirait pas. Sa respiration était régulière. J'ai pris son pouls. Le médicament fonctionnait. Pourquoi ne dormait-elle pas, je l'ignorais.

Une mèche est tombée devant mon visage. En la remettant derrière mon oreille, je me suis aperçue que mes cheveux étaient détachés. Je les ai triturés à la recherche du ruban que je nouais tous les matins et avec lequel je m'étais endormie quelques heures plus tôt. Je ne l'ai pas trouvé. Mes cheveux étaient ébouriffés, comme si quelqu'un les avait tirés.

Quelque chose a implosé dans mon ventre. Puis la nausée est montée.

Compte, me suis-je ordonné. Comme on me l'avait enseigné. Compter, la main sur la poitrine, sentir le cœur qui bat en dessous, et continuer à respirer, respirer jusqu'à faire passer la nausée. Je me suis efforcée de penser à mes pieds. Ils me portaient. Ils ne m'avaient jamais lâchée.

Pendant tout ce temps, elle me regardait. Elle était allongée et me regardait. Ses yeux étaient dépourvus d'expression. Sans réponse à ce qui se passait.

Quand la nausée s'est dissipée, elle a bougé. Elle s'est tournée vers moi, sur le côté.

« S'il vous plaît », a-t-elle murmuré.

J'ai secoué la tête. Pas de ça avec moi.

« Décrivez-le-moi.

— Quoi ?

— Ce que vous endormez. Mon père dit que… c'est comme une tumeur. Ça grandit. C'est malade et…

— Dormez.

— C'est vrai ?

— Oui, c'est vrai. » Si elle le voulait, c'était vrai. Après tout, une tumeur, ça faisait peur. Plus que l'intervention. « Elle pourrait vous rendre aveugle. Sourde. Vous prendre le langage. Jusqu'à ce que vous ne soyez plus qu'une ombre désemparée qui ne sait plus son nom. On vous oublie. On ne vient plus vous voir. On ne vous accorde pas une minute de plus que le strict nécessaire. C'est ce que vous voulez, Madame Ellerbach ? »

Elle a inspiré. Retenu son souffle.

« Marianne, a-t-elle enfin dit en expirant, je m'appelle Marianne. Je veux que tu m'appelles Marianne. »

SARAH

1

Notre chambre faisait quatre mètres sur quatre. Elle donnait sur la rue. Au loin, on voyait la ville et son unique tour; sa façade lisse reflétait le ciel.

J'avais vécu les sept dernières années au premier étage, dans une chambre sans vue, à côté de la cage d'escalier. Ma colocataire ne se mêlait généralement pas aux autres. Elle n'avait jamais franchi la frontière invisible entre nos lits. Le soir, dans le réfectoire, nous nous asseyions côte à côte. L'envie tacite de glisser des narcotiques dans l'assiette des bavardes nous rapprochait.

Elle était partie car elle se mariait. Elle avait laissé derrière elle sa vie dans cette maison, comme une mue. Il m'avait semblé impossible de continuer d'habiter cette chambre sans elle. L'administration en avait convenu et m'avait proposé de déménager.

J'ai fait mes bagages; c'était rapide. Une fois au deuxième étage, j'ai posé ma valise sur la table, fait quelques pas dans la chambre, et j'ai attendu. Aucun des deux lits ne semblait occupé. L'un était à la fenêtre, l'autre près de la porte. L'armoire vide était divisée en deux. Il n'y avait rien d'accroché aux murs. La personne qui vivrait ici avec moi n'était pas encore là.

La chambre était plus lumineuse que la précédente. Elle ne jouxtait pas l'escalier, où nous étions entourées par les bruits de pas sur les marches. Et la vue, la façade miroitante au loin, happait mon regard.

« À la fenêtre ? » Une tête était apparue dans le cadre de la porte.

« Oui », ai-je immédiatement répondu. Ajoutant avec empressement : « Comme tu veux. »

Ma nouvelle colocataire m'a dévisagée. A cligné plusieurs fois des yeux. Sans sourire. Mais son regard dégageait de la chaleur.

« Alors prends la fenêtre. Je travaille de nuit, ce serait du gâchis. »

Je ne l'ai plus vue pendant des semaines. Elle était le froissement des draps dans son lit fait à la hâte. Elle était les livres sur sa table de nuit, dont le marque-page progressait à vive allure. Elle était les cheveux noirs frisés accrochés à sa brosse ou à son oreiller.

J'ai saisi son nom dans le couloir : Sarah.

2

Je l'attendais. J'étais parfois allongée dans notre chambre, et je l'attendais.

J'avais toujours essayé d'épargner mes jours de congé afin de les cumuler pour rentrer chez moi. Je n'y arrivais pas chaque fois; il restait invariablement des jours isolés, trop brefs pour entreprendre le voyage.

Depuis que je partageais la chambre avec Sarah, j'avais pris l'habitude de rester plus longtemps au lit ces jours-là. Je voulais la croiser, un regard, un mot. Je voulais savoir qu'elle existait vraiment, la femme qui habitait cette chambre sans y être. Plus notre première rencontre s'éloignait, plus il me semblait justifié d'en douter.

Les premières fois, l'attente avait été vaine. La faim et ma vessie pleine finissaient par m'en libérer. Même plus tard, quand je rentrais de mes courses en ville, elle n'était nulle part. Menait-elle une autre vie, dans un autre lieu? Ou évitait-elle cette chambre, et moi dedans? Cette hypothèse me laissait un arrière-goût de bile dans la bouche.

Elle occupait toutes mes pensées; c'est le propre des fantômes. J'absorbais tout ce que les infirmières racontaient à son sujet. Elle avait suivi sa formation dans un autre hôpital, plus au nord. Son service était au troisième étage. Là où les enfants viennent au monde. Là aussi où l'on traite les femmes qui ont justement voulu éviter cela. Sarah était l'une des onze infirmières qui ne travaillaient, ou plutôt qui ne voulaient travailler que de nuit.

Peut-être était-elle comme nous. Peut-être ne ressentait-elle la fatigue qu'une fois de retour au vestiaire, quand elle se déshabillait et découvrait les traces de la journée sur elle. Les rayures rouges que l'uniforme découpe dans la peau. Les veines qui saillent et s'entrelacent sur les mains et les bras. Les pieds qui rentrent à peine dans les chaussures.

Comme nous, elle se hâtait alors, transformait cinq minutes en trois, car elle savait que si elle s'arrêtait ne serait-ce qu'une fois, elle n'arriverait pas à prendre son vélo, à aller se coucher, et la fatigue creuserait un fossé entre elle et le reste.

À moins qu'elle ne soit pas comme nous.

Je ne l'ai pas revue avant plusieurs semaines. Quand la poignée s'est abaissée, les allées et venues dans le couloir s'étaient depuis longtemps atténuées. Elle est entrée et s'est arrêtée sur le seuil. Elle ne m'a pas remarquée.

Pendant un instant, elle était telle que dans mon souvenir. Puis après un soupir épuisé, quelque chose est tombé d'elle. Elle a tendu son buste vers l'avant, croisé les bras dans le dos. Elle a regardé le sol, puis l'armoire, vers la table, la fenêtre – sans bouger. Son regard a balayé la pièce jusqu'à se poser sur moi.

« Tu es là, a-t-elle dit en me fixant avec étonnement.

— Oui. »

Elle m'observait. « On se voit enfin. »

Elle a enlevé son manteau, l'a suspendu dans l'armoire et s'est couchée tout habillée. Elle s'est tournée sur le côté et m'a à nouveau regardée. Mes oreilles bourdonnaient de tout ce silence.

« Ta nuit s'est bien passée ? ai-je demandé.

— Non. » Elle a tiré sa couverture jusqu'au menton. « Mais maintenant je suis là. »

J'ai senti mes joues s'enflammer. J'aurais voulu dire quelque chose, mais ses paupières se sont fermées et elle a disparu derrière.

Elle s'est vite endormie, sa respiration a pris le rythme d'une petite locomotive. Elle s'est tournée et retournée, la couverture a glissé de ses épaules. Ses cheveux noirs s'échappaient du nœud lâche qu'elle avait gardé pour se mettre au lit. Jamais je ne me serais couchée comme ça. Dans mes vêtements d'extérieur, la saleté de la journée partout sur moi. J'aurais voulu la secouer, mais je l'ai simplement regardée.

Quand je me suis enfin levée, je me suis avancée vers son lit et j'ai tiré la couverture sur ses épaules. Pendant une seconde, j'ai laissé ma main posée là. Ça ne signifiait encore rien pour moi. Mais cette seconde m'est restée. Elle est toujours là. Je m'assieds sur un banc, et elle est là. Je fais du café, et elle est là. Je regarde par une fenêtre qui se couvre de buée en octobre. Et elle est là.

3

Je portais ma robe. La robe que je portais toujours quand je rentrais à la maison. Dans cette robe, j'étais la fille de quelqu'un. Je l'avais entretenue, j'avais raccommodé ses trous, remplacé la fermeture éclair, et je ne l'avais jamais portée pour aller ailleurs que chez mes parents.

Les autres robes étaient pour une autre vie. Pour une autre Meret.

Dans le train en direction de chez mes parents, je jouais avec le tissu entre mes doigts. C'était l'été, juste avant les premières interventions. L'été avant Sarah, quand je ne savais encore rien de son visage, des choses qu'elle laissait sur son passage.

Mon père avait fait une crise cardiaque. On ne m'avait appelée qu'une fois certain qu'il vivrait, « bien sûr qu'il vit », avait dit ma mère au téléphone, et j'avais entendu comment la peur avait fissuré sa voix au cours des dernières heures.

J'étais la fille de quelqu'un. J'étais certaine que je le serais toujours, qu'il n'y aurait pas de vie où je ne le serais plus.

« Comme par hasard », a dit Wilm pendant le repas. Il s'est frotté les mains et a regardé sa sœur.

« Que veux-tu que ce soit d'autre ? » Bibi était fatiguée, nous l'étions tous. Elle l'était forcément. À peine quelques jours plus tôt, elle était encore sur les routes. Partie il y a six mois, elle rentrait pour la première fois. Deux nuits dans son ancien lit, et notre père faisait une crise cardiaque devant sa porte.

« J'ai toujours dit qu'elle finirait par me tuer. » Mon père me l'avait chuchoté en souriant à l'hôpital. Quand il parlait d'elle en son absence, c'est là qu'il aimait le plus Bibi.

Il était pâle. Alors que nous mangions, ma mère, Wilm, Bibi et moi, j'ai vu son visage blême flotter devant moi. Nous entendions le tapage des voisins. La nourriture était froide. Nous nous forcions à l'avaler par petites bouchées.

« Tu n'es pas seule au monde », a dit Wilm. Il a de nouveau fixé son assiette.

Elle n'a rien répondu. Notre mère aussi a fait comme si elle n'avait rien entendu. Elle avait un talent pour ça. Elle nous l'avait transmis. Il fallait bien se débrouiller à cinq dans cet appartement, avec ses deux chambres et la cuisine où Wilm dormait, et continuait de dormir quand il venait. Elle aurait mérité notre reconnaissance.

« Dis au moins que tu es désolée. »

Bibi avait toujours aimé son frère d'un amour inconditionnel. Quand elle était petite, à deux ans, elle hurlait et gigotait si fort que mes parents l'enfermaient dans la cuisine. Dans la cuisine, avec les casseroles, les assiettes et les verres. Mais Bibi n'abîmait qu'elle-même. Elle fonçait dans les placards, dans la porte. Elle tapait sur le coin de la table. Elle donnait un coup de pied dans le four. Elle perdait contre tous les meubles. Wilm la consolait ensuite. Il la prenait dans ses bras. Il posait sa main sur ses membres endoloris. « Et ça, c'était quoi ? demandait-il. La table ? Elle a été méchante avec toi, elle me le paiera. »

« Je ne suis pas désolée. »

Quand Bibi a dit ça, ma mère s'est levée. Elle est allée aux toilettes, on a entendu la chasse d'eau, puis la porte de sa chambre se refermer. Wilm a posé sa fourchette. Il a pris son verre, bu une gorgée, puis jeté le reste au visage de sa sœur.

« Tu mériterais une rossée.

— Si tu le dis. »

Il s'est levé à son tour. Il est resté un moment debout devant Bibi, à la regarder, et j'ai retenu mon souffle, tout était calme, à nouveau si calme dans cette cuisine. Elle a levé les yeux vers lui. Elle lui a rendu son regard, un regard vide de toute intention, c'était important, il fallait ce vide pour rester indemne.

Il a renoncé. Quand il s'est détourné et a quitté la cuisine, j'ai vu les larmes lui monter aux yeux. Comme il n'avait pas de pièce où se retirer, la porte d'entrée a fini par claquer. J'ai senti que je voulais lui courir après. Je voulais le prendre dans mes bras et le consoler, lui dire que Bibi ne le pensait pas, ne le pensait jamais.

« Je suis contente que tu sois là, ai-je dit.

— Je suis contente qu'il ne soit pas mort », a-t-elle dit.

Ma sœur avait été réveillée par un bruit sourd dans la nuit. Quand elle était sortie de la chambre, il était déjà au sol. Notre mère aussi s'était levée. Elle a appelé l'ambulance. Il s'en était fallu de peu, c'était l'impression partagée. Même si elle était exagérée.

J'ai tendu la main et j'ai caressé les cheveux de Bibi. Elle ne s'est pas dégagée. La nuit précédente, nous étions longtemps restées allongées dans l'obscurité, toutes les deux éveillées, feignant toutes les deux de dormir, et le sachant parfaitement toutes les deux.

Tout à coup sa voix : « Il pense que c'est de ma faute.

— Bibi, c'est idiot.

— Mon frère me déteste. »

J'ai voulu balayer cette affirmation, mais elle m'a devancée. « Tu te rappelles le soir où je me suis enfuie ? »

Lequel, ai-je voulu demander, mais je me suis abstenue.

« Il m'a attrapée comme une bête. Comme un chien qui s'échappe ! Il m'a plaquée au sol. Je te déteste, il a dit. »

Je m'en souvenais. J'étais là. « Tu l'as dit en premier », ai-je objecté. Elle lui avait même craché au visage.

« Je ne le pensais pas vraiment. Je ne le détestais que sur le moment. »

Oui, elle détestait de toutes ses forces, de tout son corps. Moi aussi, elle m'avait détestée comme ça. Une éruption qui prenait aux entrailles. Et soudain c'était fini. Pas une haine qui comme chez les autres stagne et pourrit dans le corps.

« Je repars demain.

— Où ça ?

— En voyage. Il y a encore tant de choses que je veux voir.

— Mais avant tu rends visite à Papa.

— Évidemment. » Elle l'avait dit sans hésiter. L'hésitation viendrait le lendemain, devant la clinique, le sac déjà sur l'épaule, pour pouvoir au besoin se raviser et partir.

« Bibi, tu ne voudrais pas t'établir quelque part ?

— Pourquoi maintenant, je n'ai pas cinquante ans.

— Je n'ai pas non plus cinquante ans. Mais c'est bien d'avoir quelque chose de stable. Un lieu auquel on appartient. Une tâche.

— Une tâche, a-t-elle répété, et j'ai entendu son léger amusement. Tu sais quoi, sur le papier, tu n'as peut-être pas cinquante ans, mais à l'intérieur de toi, tu as cinquante ans bien tassés, peut-être même quatre-vingts, si on est honnête. »

Je lui ai tiré les cheveux.

« Aaah ! a-t-elle crié dans une panique feinte. On me punit encore, au secours ! On me punit toujours dans cette maison ! » Elle a ri. Nous sommes restées un moment sans parler. Son souffle est devenu régulier, j'ai cru un instant qu'elle dormait.

« Il a dit quelque chose, avant qu'ils l'emmènent. »

Si tu chasses le sommeil suffisamment loin, les cauchemars ne te rattrapent pas, les fantômes ne te rattrapent pas, et des heures s'offrent à toi, rien qu'à toi – c'était la loi de notre chambre, la loi secrète de notre chambre.

« Il a dit mon nom : Bibi, Bibi, Bibi. Comme un disque rayé. Et après il a dit : je suis désolé, Bibi. Pardonne-moi, Bibi. »

Bibi. Il ne l'avait jamais appelée comme ça. Sa fille s'appelait Bibiana.

« Et ? Tu lui as pardonné ?

— Oui, a-t-elle dit après une brève pause. Je me suis tenue à la règle : on ne part jamais fâché. »

4

Une chaussure gisait sur le sol. Une seule chaussure, à l'envers, comme dans une mauvaise pièce de théâtre. Sa vue m'a cueillie quand je suis entrée dans la chambre après une longue journée de travail. De frayeur, ma tasse m'a échappé des mains. Elle a explosé sur le sol.

« Bonjour, a dit une tête en émergeant de la couette. C'était vraiment nécessaire ? »

Je me suis figée. Sarah épiait mon visage, attendant que je rassemble mes esprits. « C'est moi », a-t-elle dit après quelques instants. Elle a posé le doigt sur sa poitrine. « Ta voisine de chambre. Sarah. On s'est vues il y a quelque temps… à peine deux minutes, si je ne me trompe pas. Tu t'en souviens ? »

Sarah. J'ai répété son nom dans ma tête. Où il tournait en boucle depuis des semaines. Après notre dernière rencontre, j'avais eu la certitude de devoir à nouveau m'habituer à son absence. Pour me consoler, je me disais que ces temps, le travail à la clinique était captivant. Que nous allions au-devant d'un futur prometteur. Ce n'était finalement pas si mal, de vivre dans cette chambre sans distraction, seule avec ma journée, seule avec mes interventions.

« Je sais, ai-je balbutié, je sais bien sûr qui tu es. »

Elle a rabattu sa couverture. Sans me lâcher du regard, elle s'est levée, s'est avancée et s'est agenouillée pour ramasser les débris de tasse.

« Non ! me suis-je écriée.

— Si, a-t-elle dit, après tout, c'est moi qui t'ai effrayée.

— Ta chaussure. » Elle était trop proche. J'aurais voulu l'aider, mais elle était trop proche. « C'est ta chaussure qui m'a effrayée. »

Elle a regardé autour d'elle jusqu'à trouver de quoi je parlais. « Je comprends. Excuse-moi, il fallait que je lance quelque chose.

— Oui.

— Ça ne t'arrive jamais de devoir lancer quelque chose ? »

Bonne question. « Parfois j'aimerais bien », ai-je concédé. Puis je me suis rappelé qu'à la place, je tapais, mordais, hurlais dans mon coussin. Je n'étais pas une lanceuse de chaussure. Quand il fallait l'évacuer, je déversais mon chagrin dans un coussin. Comme l'enfant que j'avais été.

« Je vais chercher quelque chose pour essuyer. »

Elle est sortie de la chambre et je suis restée plantée là, immobile, comme une statue de sel. Au début, à la clinique, je m'étais souvent sentie comme ça. Changée en statue de sel quand j'étais confrontée à la détresse des gens. Je ne savais pas que la détresse pouvait être aussi laide. Quand les vieilles infirmières soufflaient dans mon dos. Quand elles m'arrachaient les choses des mains. N'était-ce pas loin derrière moi ?

Sarah est revenue ; en passant devant moi, elle m'a frôlée de son sourire. Elle a essuyé le liquide renversé avec un torchon, puis est ressortie. J'ai réussi à m'extraire de ma paralysie. J'ai franchi les quelques pas qui me séparaient de mon lit et je me suis assise, fixant toujours la chaussure. Je me sentais confuse, comme après un rêve.

« Tu voulais boire un thé, n'est-ce pas ? » Sarah est entrée et a ouvert le tiroir de sa table de nuit. Quelques petites bouteilles ont tinté. « Mais tu as peut-être envie de quelque chose de plus fort ? On n'a pas encore trinqué à notre emménagement.

— On ne s'est vues que deux fois.

— C'est vrai. » Elle a pris une bouteille dans le tiroir, deux petits verres à liqueur, et les a remplis à ras bord. Elle m'a tendu l'un d'eux.

« À nous, a-t-elle dit en levant son verre.

— À nous », ai-je dit en vidant le mien d'un seul coup, pour ne rien renverser. L'alcool m'a brûlé la gorge. Nous sommes restées assises un moment, à faire tourner les verres entre nos doigts.

« Je serai là plus souvent, à partir de maintenant. » Elle nous a resservies. « Quoique, souvent c'est relatif, quand on est de nuit. Et toi ? Toujours de jour ? Au cinquième étage, c'est juste ? »

J'ai hoché la tête. Elle devait avoir entendu parler de moi. En mal, probablement ; je ne savais pas plaisanter, je n'essuyais jamais mes chaussures, ma sœur m'appelait à des heures impossibles et je ne me réveillais même pas quand le téléphone sonnait. Celles qui vivaient au foyer depuis longtemps, on n'en parlait plus que pour s'en plaindre.

« Ne t'inquiète pas. » Elle a bu son verre cul sec. « Ça ne m'intéresse pas de passer mon temps à parler du travail. Quand on écoute les autres, on pourrait croire que c'est tout ce qu'elles ont dans la vie.

— Et toi, qu'est-ce que tu as d'autre dans la vie ?

— Eh bien… » Elle a souri, confondue. « Surtout le travail.

— Tu es au troisième étage ? »

Elle a acquiescé.

« Et c'est comment ?

— C'est… » Elle a détourné la tête et regardé par la fenêtre. « Il faut que je m'habitue.

— Les vieilles infirmières sont pénibles ?

— Non. Ce n'est pas ça. C'était différent avant. Plus libre. J'allais chez les gens et les aidais à mettre au monde leurs enfants. C'était... intime. Maintenant, il y a toujours la clinique entre les femmes et moi.

— Pourquoi tu es partie ? »

Elle a retourné la tête vers moi. « Pourquoi tu poses autant de questions ? »

Je me suis tue sur-le-champ.

« Parle-moi plutôt de toi.

— J'aime bien mon service. C'est...

— De toi ! s'est-elle écriée en riant. Tu dois parler de toi, pas de cette clinique !

— Ah. » Mais je ne savais plus quoi dire.

« On ne s'est pas vues pendant des semaines », ai-je finalement articulé. Je n'ai pas dit : je croyais que tu m'évitais. On se manquait avec une telle précision. Je croyais que tu n'étais pas comme nous, que tu ne dormais pas, qu'une vie ne te suffisait pas, que tu en avais douze.

« Je sais. » Le rire a disparu de son visage. « Je ne pouvais pas... » Elle a regardé ses mains. « Je ne voulais pas rentrer dans cette chambre vide. Les derniers mois ont été difficiles. » Elle s'est servie une troisième fois en oubliant mon verre. « Je rassemblais mes jours de congé pour rentrer chez ma mère. Parfois je... je dormais chez une autre infirmière de nuit. Mais ça va mieux. Je serai une meilleure voisine de chambre à partir de maintenant. »

J'ai pensé à notre dernière rencontre. Elle avait fermé la porte derrière elle, et quelque chose était tombé d'elle. Sa contenance. Elle ne revenait peut-être pas de la clinique.

Elle avait le cœur brisé. Je le voyais désormais. Et encore un verre, qu'elle a vidé les yeux fermés.

Je refusais d'être étonnée. Les infirmières fréquentaient des hommes, je le savais. Quand les heures venaient à manquer, elles profitaient de la moindre minute, convoquaient les intéressés tout près du foyer, ou se rabattaient sur un angle mort à l'hôpital. Des infirmières quittaient leur métier pour un homme. Partaient, comme mon ancienne voisine de chambre. Je croyais pourtant certaines au-dessus de ça. Les vieilles infirmières qui vivaient dans cette maison, ou se partageaient des appartements en ville. Ces vieilles filles qui lisaient le journal le soir, poussant les jeunes à déclarer : « Je ne serai jamais comme elles ! » Leur vie me semblait pourtant agréable.

« Qu'est-ce qui s'est passé ? » Ça ne me regardait pas. Je voulais tout savoir. Je compatirais, sourirais, consolerais, en bonne voisine de chambre. Je ne serais pas déçue de la banalité de Sarah concernant les histoires de cœur.

« Des décisions ont été prises. Pour une autre vie. » Elle a posé son verre. Elle a secoué la tête. Pas un mot de plus à ce sujet. « Tu me lis quelque chose ?

— Te lire quelque chose ? » Elle l'a dit comme si c'était une routine.

« Ce que tu veux. De préférence rien de triste. Je ne suis pas d'humeur. »

J'ai regardé sa pile de livres. « Non, pas ceux-là. » Elle a fait tomber la pile de sa table de nuit. « C'est du blabla déprimant. »

J'ai pensé au livre de Bibi. Ce n'était pas possible. L'alcool, et donc mon courage, étaient hors d'atteinte.

« Je voudrais simplement écouter une histoire. Ne te prends pas la tête. À moins que tu n'aies pas de livres ?

— J'ai un livre pour enfants.

— Un livre pour enfants ? » Elle s'est recouchée. Je me suis mordu la lèvre. Elle va se moquer, ai-je pensé.

« C'est exactement ce qu'il me faut. » Elle s'est étirée. « Ton livre de quand tu étais petite ?

— Celui de ma sœur. »

Je me suis levée et dirigée vers l'armoire. J'ai soulevé une pile de vêtements et en ai tiré l'histoire préférée de Bibi. « Elle voulait sans cesse qu'on la lui lise. Elle a cinq ans de moins que moi. » Ma langue s'est assouplie. « Enfant, elle était somnambule. Ma sœur… je crois qu'elle avait peur du sommeil. Elle ne se rappelait jamais avoir erré dans l'appartement, mais après elle était toujours épuisée. Enfin, elle savait peut-être qu'elle ne dormait pas comme les autres – tranquillement allongée –, mais qu'elle parcourait des kilomètres et voulait monter les escaliers ; ce livre était la seule chose qui pouvait la ramener. Une arme secrète. Notre arme secrète. »

Sarah a tendu la main. « Fais voir », a-t-elle dit. Elle a passé les doigts sur les pages vieillies, le long du scotch qui maintenait le livre, tandis que cette cascade de mots résonnait dans ma tête.

« Comment s'appelle ta sœur ?

— Bibiana. Bibi. Il y a aussi Wilm, mon frère.

— Chez nous, il n'y a que ma mère et moi. » Sarah a refermé le livre d'un coup sec. Elle me l'a tendu et a fermé les yeux, croisé les mains sur son ventre.

« Prête. »

Quand je me suis réveillée, le livre était ouvert à côté de moi. Le matin m'attendait. Sarah dormait encore profondément. Ou venait-elle seulement de s'endormir ? Après tout, c'était un oiseau de nuit, le matin sonnait pour elle la sortie du travail. Comment avais-je pu passer à côté de toutes ces heures en sa compagnie ?

Puis ça m'est revenu : le cœur brisé. Elle n'était pas audessus de ça. Au lieu de la déception, j'ai ressenti une violente colère envers la personne responsable.

J'ai pris le livre et l'ai posé sur sa table de nuit. Puis j'ai ramassé ceux qu'elle avait fait tomber la veille. Mais je n'ai pas touché à la chaussure. Elle attendrait que je revienne. Ou mieux encore, resterait indéfiniment par terre.

Je me suis arrêtée un instant auprès d'elle. J'avais bien un instant. Il faudrait ensuite que je me dépêche, mais je voulais la regarder. La regarder respirer. Rêver, peut-être ; ses paupières frémissaient.

Que la renarde te soit de bonne compagnie, ai-je écrit sur un bout de papier que j'ai glissé entre les pages du livre. Je l'ai reposé sur sa table de nuit.

Quand je suis rentrée le soir, j'ai trouvé un livre sur mon oreiller. La quatrième de couverture annonçait l'histoire d'un jeune homme qui aimait se promener en méditant sur le monde. À côté, un petit mot plié en quatre.

Ce que font les gens qui travaillent moins. S.

5

Sarah n'avait pas menti. Nous nous retrouvions désormais dans notre chambre au moins une fois par semaine. Malgré cela, je sursautais chaque fois que je tombais sur elle. Comme en ce jour de décembre, quand elle a surgi dans le cadre de la porte. J'étais en train de faire mes valises pour rentrer à la maison.

« Quand part ton train ? » a-t-elle demandé sans un bonjour.

Mon cœur a bondi. « Dans deux heures. » J'étais toujours un peu surprise quand je voyais son visage. Il n'était pas comme dans mes souvenirs. Ce n'était pas une question de détails. Je les retenais bien. Même son petit grain de beauté, j'aurais pu le situer sous son œil gauche les yeux fermés. Pourtant, celle qui se tenait devant moi n'était pas celle de mes pensées.

« Le mien dans trente minutes. »

Sarah est entrée et a fermé la porte. Son sac était déjà sur la chaise, prêt à être emporté, bosselé par son contenu. Elle aussi était sur le point de redevenir la fille de quelqu'un.

Tous les deux ans, nous pouvions rentrer dans nos familles pour les fêtes. Cette perspective ne me procurait aucune joie. J'imaginais la table de la cuisine, le couvert manquant de Bibi. Je me souvenais du silence, des éruptions, que venait à nouveau interrompre le silence. Dans notre famille, rien n'augurait plus du conflit qu'une fête où l'on aurait dû se réunir en bonne harmonie. Nos voisins étaient les seuls à pouvoir le contenir. Quand nous les entendions se disputer à travers la cloison, le calme régnait chez nous. Tout de même, nous n'étions pas comme eux.

«J'espérais devoir travailler», a dit Sarah. Elle était assise sur le lit et parlait à mon dos.

« Moi aussi. »

Elle a eu l'air surprise. « Vraiment ? »

Elle faisait naître en moi cette sensation. Elle marquait une pause comme si elle se demandait si je disais la vérité. Alors je me demandais si je disais la vérité. Peut-être voulais-je seulement lui plaire.

« Est-ce que j'ai l'air aussi guillerette que les autres ?

— Ton dos est très guilleret, en tout cas. »

J'ai ri.

Depuis quelques semaines, une précipitation s'était emparée de nous, les infirmières, et imprégnait la clinique et la maison. Néanmoins, il y avait quelques bienheureuses parmi nous qui ne semblaient pas affectées par le travail acharné de fin d'année. Les premiers mois, celles qui venaient d'un foyer harmonieux lisaient le soir leurs lettres à haute voix, téléphonaient constamment, racontaient fièrement leur ennui. Peu à peu, l'habitude leur avait passé. Mais avec les fêtes, docilement, elle revenait.

« Beaucoup de conflits ? » a-t-elle demandé.

J'ai hoché la tête. J'ai pensé au calme, au calme concret, inexplicable, qui envahissait parfois le service durant les fêtes.

«Avec ma mère aussi, on se dispute. On se dispute du matin au soir. Et entre deux on fait des rituels bizarres, on cuisine, on prie, on allume des bougies – je ne sais pas pourquoi, honnêtement. Pendant les fêtes, je ne sais jamais pourquoi.

— Parce que c'est la terre dont nous sommes faites. »

Je lui ai jeté un bref regard par-dessus l'épaule. Elle a souri. « Ici c'est plus simple, a-t-elle dit. Quand les autres ne sont pas là, je peux travailler. Il n'y a plus personne entre moi et mon travail.

— C'est pour ça que tu travailles de nuit ?

— Entre autres, oui. J'aime la nuit.

— Moi pas. Elle me fait peur.

— Moi c'est le jour qui me fait peur. »

Ma valise était prête depuis longtemps ; je ne faisais que réarranger mes affaires. Je déplaçais la trousse de toilette. Je roulais et déroulais mes chaussettes. Je tenais absolument à m'occuper les mains.

Elle tortillait des pieds. J'ai pensé qu'elle aussi était nerveuse, qu'en ma présence son corps se sentait aussi étranger et désemparé que le mien.

« J'aimerais te poser une question », a-t-elle dit. J'ai ressorti mes deux tricots et les ai repliés l'un sur l'autre pour qu'ils s'empilent parfaitement. C'est ridicule, ai-je pensé. Elle ne va pas tarder à remarquer à quel point je suis ridicule.

« Je peux ? » a-t-elle insisté.

Il fallait dire quelque chose, ai-je constaté. « Bien sûr. »

Mais elle n'a rien demandé. La chambre est restée silencieuse. Je me suis tournée vers elle. Elle avait la tête baissée.

Elle va me dire qu'elle s'en va, ai-je soudain pensé. Comme mon ancienne voisine de chambre, elle va me dire qu'elle part pour une autre vie. Et je n'ai rien pour la convaincre du contraire.

« Tu restes ici avec moi ? » Elle a parlé si bas que je l'ai à peine entendue. « On reste là ? a-t-elle répété plus fort, comme je ne répondais pas. On défait nos bagages. On appelle nos familles et on dit qu'on travaille. »

Impossible, ai-je pensé. Ce projet était impossible. Je devrais laisser le train partir sans moi, et le suivant, et celui d'après, jusqu'à ce qu'il n'y ait plus de trains. Je devrais entendre les autres partir au travail, ou dans leurs familles, les unes après les autres, jusqu'à ce que la maison soit vide.

Nous serions les seules à ne devoir aller nulle part, personne ne nous attendrait, nous n'aurions rien à faire.

« Ce n'est pas possible, ai-je dit.

— D'accord. » Elle s'est avancée vers moi, a ouvert l'armoire et a pris son manteau dans la penderie. « Tu as raison. » Elle l'a enfilé. « C'était une idée stupide, n'est-ce pas ? Nous avons tout de même des… » Elle cherchait le bon mot.

« Obligations ? »

Elle a saisi sa valise. « Bonnes fêtes, Meret. À bientôt.

— À bientôt. »

Et elle serait partie, si je n'avais commencé à rire. Quand elle m'a tourné le dos sans un regard, le rire a jailli de moi. Tellement ça me semblait absurde que nous rentrions toutes les deux, alors que nous avions tout à coup la possibilité de ne pas le faire. Comment pouvait-il être plus difficile de rester que de partir ?

« Tout va bien ? » Elle a froncé les sourcils.

« Reste. » J'essayais de reprendre mon souffle. « S'il te plaît, reste. »

6

Je me souviens parfaitement de ces trois jours, comme si j'avais tenu un journal de bord.

Quand je ferme les yeux, je revois Sarah poser sa valise. J'entends les pas faiblir devant notre porte. Une dernière grappe d'infirmières pressées, en route pour retrouver leurs familles, puis les bruits de la maison. Les gargouillis dans les tuyaux, la seconde d'effroi où je réalise ce que nous venons de faire.

Je suis descendue au téléphone et j'ai appelé la maison. À Wilm, au bout du fil, j'ai prétexté une urgence à la clinique. J'étais soulagée qu'il ait décroché ; mentir à mon père n'aurait de loin pas été aussi aisé. Puis je me suis changée. J'ai remis dans la penderie la robe prévue pour les jours en famille, et j'en ai enfilé une autre.

L'audace nous avait donné faim. Nous avons inspecté ensemble ce que recelait le garde-manger. Pendant les fêtes, personne ne faisait la cuisine aux infirmières qui restaient; nous avons donc épluché et coupé des légumes, lavé des lentilles, tâtonné derrière la porte à la recherche du lard caché dans ce coin sombre pour les grandes occasions. La radio nous a soustraites à notre silence emprunté. Nous avons ri des classiques qui passaient.

Les infirmières du service de nuit sont passées nous offrir leur aide. Elles ont mis la table et allumé des bougies. Aucune d'entre elles ne travaillait avec nous ; alors quand au cours du repas elles se sont plaintes de la nuit qui les attendait, nous avons renchéri. « Laissez », ai-je dit quand nous nous sommes toutes levées après le café. Je leur ai pris la vaisselle des mains. « Laissez, j'ai dit ! » Surprises par ma brusquerie, elles ont obéi.

Puis j'ai fait la vaisselle dans la cuisine. Sarah a séché et rangé. Par la fenêtre au-dessus de l'évier, nous avons vu les infirmières enfourcher leurs vélos et partir.

Quand nous avons terminé, j'ai éteint la lumière. Sarah a éteint la radio. Nous sommes restées dans la cuisine sombre quelques instants.

Je me souviens qu'elle a proposé d'aller se promener. « Ce pauvre arbre du réfectoire est si triste. On pourrait aller voir des sapins plus festifs ? »

La forêt dans la nuit de Noël.

Les aiguilles qui craquent sous nos chaussures.

La maison obscure qui nous accueille à notre retour.

Je me souviens du froid, des battements vains du chauffage.

Sa question : « Tu gèles ? »

Elle s'est levée, s'est dirigée vers l'armoire et a pris son manteau.

Le poids de la laine quand elle l'a posé sur mes épaules. Son vêtement sur ma peau. Son odeur qui m'enveloppait tout entière.

Une faim était là. Sourde et soudaine.

Je me souviens de deux lunes. Une dans le ciel, une sur la façade miroitante du gratte-ciel. Juste pour un bref instant, quand les nuages se sont écartés en pleine nuit.

« Regarde », ai-je dit.

Elle dormait déjà.

Je me suis réveillée la première. Je l'ai regardée. Elle a ouvert les yeux comme si mon regard l'avait tirée du sommeil.

Nous nous sommes tortillées sous nos couvertures. Nous avons tâtonné à la recherche de nos pantoufles et nos pieds se sont posés sur le sol froid. Moi seule ai frissonné.

Elle m'a suivie aux toilettes. Elle s'est lavé le visage pendant que je me soulageais. J'ai posé mes mains bien à plat contre le mur de la cabine. Mon cœur battait.

Alors que nous nous lavions les dents, nos regards se sont croisés dans le miroir. Elle était gauchère. Comment avais-je pu ne pas m'en rendre compte. J'ai vite détourné le regard.

Elle n'est entrée dans la cabine qu'une fois que j'ai quitté les toilettes. J'aurais voulu protester. Je trouvais injuste qu'elle puisse uriner en toute intimité.

Elle est revenue dans la chambre au moment où je retirais ma chemise de nuit. Elle m'a imitée. Elle se tenait nue, à la limite de mon champ de vision. Elle a déroulé ses bas sur ses jambes. Elle a attendu que je sorte ma robe de l'armoire pour venir prendre la sienne.

Je tenais le tissu entre mes mains. Je suis revenue vers l'armoire. La robe que j'avais retirée la veille y était toujours suspendue. La robe dans laquelle j'étais la fille de quelqu'un, juste la fille de quelqu'un. Une robe au col brodé. Je ne la portais jamais ici, sauf les jours de départ.

Je l'ai sortie. J'ai rangé l'autre.

« Joyeuses fêtes », a-t-elle chuchoté. Elle a souri. Elle aussi avait mis sa meilleure robe. La boutonnière allait de son cou jusque sous ses genoux.

Seules deux vieilles infirmières étaient assises dans le réfectoire et lisaient le journal. Elles ont levé les yeux et nous ont adressé un signe de tête. Puis elles sont retournées à leur lecture. Tout va bien, me suis-je dit. On ne fait rien d'interdit.

Nous avons pris une part du gâteau que quelqu'un avait dû préparer le matin. Nous avons versé du café dans nos tasses et nous sommes assises à l'une des tables. Nous avons mangé en silence.

Soudain, les trois jours à venir m'ont paru interminables. Des heures comme le sable sur la plage, remplies de rien si ce n'est de notre présence. Je l'ai regardée. Elle avait l'air si désinvolte. Je l'enviais.

« Et maintenant ? ai-je demandé après avoir rapporté notre vaisselle à la cuisine.

— Viens, j'ai une idée. »

Nous avons été chercher nos manteaux. « Attends, a-t-elle dit alors que je me dirigeais vers la porte, on ne peut pas débarquer comme ça. » Elle s'est agenouillée et a brossé ses chaussures. Elle a tapé quelques fois du pied, des aiguilles de notre promenade nocturne sont tombées sur le paillasson. Elle m'a tendu la brosse. Elle a patiemment attendu que j'enlève la saleté des dernières semaines.

« Maintenant nous sommes prêtes. »

Elle est partie devant. Je l'ai suivie dans les rues presque vides, devant le quartier de maisons mitoyennes aux longs avant-toits, devant la maison verte où nous avons bifurqué en direction de la ville. Il y avait peu de monde sur les trottoirs.

Nous nous sommes arrêtées devant l'église sur la place du marché. « Et voilà. On entre ? » Ses yeux se sont posés sur un banc à côté de l'entrée.

« Non.

— Moi aussi je préfère dehors. »

Nous sommes descendues de nos vélos. Les gens affluaient pour l'office. Nous nous sommes assises et avons regardé les retardataires s'engouffrer dans l'église. Le dernier a tiré la lourde porte derrière lui.

Pendant un instant, nous n'avons rien entendu d'autre que le vent. Puis le prêche a commencé. Nous avons écouté les voix étouffées. Le chant de toutes les personnes présentes. Sarah a fermé les yeux.

Dans la rue où j'ai grandi, il y avait un chœur. Voilà à quoi je pensais alors que nous étions assises sur ce banc. Je ne savais ni à quel numéro il se trouvait, ni pourquoi ce chœur existait. Je savais seulement que je l'entendais parfois depuis notre chambre, à Bibi et moi. Tard le soir, la fenêtre ouverte, je l'entendais comme s'il venait d'un autre monde, et je m'endormais bercée par ses chants.

Nous nous sommes allongées sur nos lits et avons contemplé les heures vides. Nous nous sommes jointes aux vieilles infirmières qui se lisaient un roman policier après le dîner, et nous avons ri avec elles des retournements abracadabrants. Nous avons erré sans but dans la maison.

Nous avons inspecté les affaires entreposées dans la pièce près des boîtes aux lettres, là où les infirmières les laissaient quand elles n'en voulaient plus. Des cendriers, qui marquaient le début et la fin d'un vice. Des stylos et du papier vierge. Un joli gilet en laine, une paire de chaussures neuves qu'une infirmière de bonne famille n'utilisait pas. Sarah a pris le gilet. Moi le dessin d'une vieille femme qui épluchait des pommes. De retour dans la chambre, j'ai accroché l'image au-dessus de ma table de nuit.

Nous avons planifié le repas suivant. Nous nous sommes douchées dos à dos, plus longtemps et abondamment que jamais auparavant. J'ai gardé la tête sous l'eau pendant de longues minutes. Elle a ouvert le robinet d'eau froide et a poussé un cri. « À toi ! » s'est-elle exclamée à travers la salle carrelée. J'ai posé ma main sur le robinet. Je l'ai tourné tout à gauche. Quand l'eau glacée m'a aspergée, j'en ai eu le souffle coupé. Je me suis séchée en pantelant. J'ai senti ses yeux sur moi, brièvement. Puis elle a détourné le regard.

7

Va à la maison verte. Je t'y attends à dix-neuf heures trente.

Elle avait glissé le petit mot dans mon casier. Je l'ai trouvé au moment de me préparer pour rentrer.

Nous devions nous communiquer nos jours de congé ; nous nous l'étions promis le vingt-six décembre, juste avant de nous endormir. Sur sa proposition. Depuis, nous nous disions au revoir après avoir passé quelques heures ensemble : « À mardi. » « À samedi. » « À dans dix jours. » Ces heures étaient fugaces. Je l'avais près de moi, je clignais des yeux, elle était à nouveau loin.

Je t'y attends à dix-neuf heures trente. J'ai fixé ses mots. Puis je me suis ressaisie et j'ai regardé ma montre. Dix-neuf heures vingt.

J'avais rarement été aussi rapide, sauf quand j'avais vu le gouffre pendant mon service. J'ai glissé son mot dans mes bas, retiré mon uniforme, passé robe, gilet et manteau, enfilé mes chaussures. J'ai ouvert la porte à la volée, dans le nez des infirmières qui arrivaient, me suis excusée à la hâte sans m'arrêter. Puis j'ai filé, filé à travers bois, fait confiance à mes mains pour freiner à temps, confiance à mon vélo pour ne rien heurter. Ça a marché, évidemment. Le chemin s'était gravé en moi depuis longtemps.

Quand j'ai aperçu sa silhouette au croisement, le frémissement dans mon ventre est réapparu. Elle avait les bras posés sur sa selle et me dévisageait.

« Te voilà », a-t-elle dit. Comme chaque fois, elle ne souriait pas. Ne souriait jamais quand nous nous saluions, comme si seules les minutes ensemble pouvaient faire naître en elle ce mouvement.

« Je suis désolée », ai-je haleté.

Elle a posé sa main sur la mienne. « Commence par reprendre ton souffle. »

Je me suis aperçue que mes genoux tremblaient. Ma vue s'est troublée. J'ai craint de perdre connaissance.

« Tiens. » Elle m'a tendu une bouteille d'eau. J'ai bu jusqu'à ce que mon corps se calme. « Il y a un endroit que je voudrais te montrer. Ce n'est pas loin. Tu viens ? »

Désormais elle souriait. Elle souriait dans l'obscurité, comme si elle savait parfaitement que je la suivrais où que ce soit, que je n'avais pas le choix.

Tandis que nous pédalions, je contemplais la vie nocturne. Quelques personnes marchaient dans la rue, leurs chaussures claquaient sur le pavé, leurs voix grimpaient le long des murs, souples et éméchées. J'espérais que Sarah n'avait pas prévu d'entrer quelque part. La lumière impitoyable révélerait ma course, ma fatigue et la journée encore collée à moi.

Nous nous sommes arrêtées devant un restaurant. Je le connaissais. Je m'étais une fois réunie là autour d'une table avec d'autres infirmières pour boire de l'alcool pas cher. Quel soulagement quand nous étions enfin parties et que j'avais pu rentrer au foyer dans la nuit. J'avais béni mon ancienne voisine de chambre de ne jamais franchir la ligne invisible entre nos lits, et d'être si peu portée sur le loisir – au point qu'au cours de toutes ces années, elle n'avait eu que deux fois le cœur brisé. Contrairement à celui des autres, qui se brisait continuellement, un organe défaillant, à peine rafistolé qu'il se déchirait à nouveau.

« Tu viens ? » Sarah a posé la main sur mon épaule, et j'ai senti le trou dans mon ventre, un néant qui tentait de résister à son toucher.

Je l'ai laissée m'entraîner. On nous a attribué une table, Sarah a attendu que le serveur parte puis elle a chuchoté : « Garde ton manteau. Lève-toi. » Elle m'a pris par le bras, nous a conduites en direction des toilettes et a poussé la porte de la sortie de secours.

« Monte », a-t-elle dit, et j'ai obéi, sans rien demander, commençant à croire que je rêvais et que j'étais en réalité assoupie dans le vestiaire. Comme en rêve, je montais ces escaliers, effleurant les murs nus car la rampe branlait, talonnée par elle.

Nous avons débouché à l'air libre.

« Regarde », a dit Sarah. Elle m'a doucement tournée de côté et a pointé l'immeuble en face. Il se dressait dans le ciel, nous surplombant de quelques étages. Le ciel nocturne se reflétait sur sa façade lisse.

« Tu le reconnais ? »

Elle avait apporté du pain, une bouteille de vin et deux verres. Nous avons bu en silence tandis que les nuages passaient sur la façade, dévoilant et ravalant la lune. Il faisait glacial sur le toit. Le froid fendait l'air, trouvait la moindre parcelle de peau à découvert et rampait sous les vêtements.

« Tu viens d'où ? » ai-je demandé au bout d'un moment, alors que je ne sentais presque plus mes doigts. Dans notre chambre, il n'y avait aucune photo sur laquelle j'aurais pu m'appuyer. Moi non plus je n'avais rien accroché – si ce n'est mon nouveau dessin. La photo de moi avec ma famille était rangée au chaud dans le tiroir. Jusque-là, presque toutes mes questions s'étaient enlisées dans le sable.

« Ma mère avait quarante-huit ans quand je suis née, a-t-elle dit. Imagine. Elle avait presque toujours été seule. Elle aurait préféré le rester.

— Ce n'est pas vrai.

— Bien sûr que c'est vrai. » Elle a rempli nos verres. « Mais est-ce que c'est grave ? Je ne crois pas. »

Elle s'est rapprochée de moi. Pas pour elle, ai-je pensé, car elle était insensible au froid, elle ne frissonnait jamais. Elle avait posé son manteau sur mes épaules la nuit de Noël, restant en simple chemise de nuit. Elle marchait pieds nus dans la chambre. Elle dormait, repoussait sa couverture, je voyais sa peau nue, je la recouvrais, elle se dégageait à nouveau.

« Je descends d'une lignée de fantômes. » Elle s'est passé la main dans les cheveux. « Mes grands-parents, mes tantes, je n'ai connu personne. Ils sont tous morts avant ma naissance. Quant à mon père... il n'y a pas de photo de lui. J'ai les cheveux et la bouche de ma mère, mais entre ce qui est de lui et ce que Dieu a improvisé... » Elle a haussé les épaules. « Je sais que c'était un touriste. Il s'était retrouvé dans la région par hasard. Le contraire m'aurait étonnée. Il n'y a nulle part aussi peu à voir que dans notre région. Il est resté dix jours chez ma mère. Je suis issue de ça. Ma mère a toujours appelé ça un miracle.

— C'est joli.

— Elle ne le disait pas dans le sens d'une chance.

— Tu sais comment il s'appelle ?

— Maurice. » Elle m'a montré sa paume vide. « Tu vois ? Ça ne fait pas grand-chose pour l'aimer.

— Mais il y a toi. » J'aurais voulu poser ma main sur la sienne. Je n'avais que quelques centimètres à franchir. « Tu ne peux pas l'aimer pour ça ? »

Elle a souri. Elle a remis sa main dans sa poche.

« Et toi ?

— Je t'ai déjà raconté beaucoup de choses.

— Tu as dit que ta sœur est partie ?

— Oui. Après la crise cardiaque de notre père.

— Drôle de moment pour partir.

— Elle reviendra. Un jour. Quand elle aura assez vu le monde.

— Ce n'est pas possible. » Sarah a passé la langue sur ses lèvres. « D'avoir un jour assez vu le monde. »

Sur le chemin du retour, elle a tout à coup planté sur les freins. Elle est descendue de son vélo et s'est penchée sur un tabouret posé devant un immeuble. *Servez-vous*, était-il écrit sur une feuille.

« Regarde, s'est-elle exclamée. Pour nous ! »

Je n'ai pas pu réfréner son élan. Elle a d'abord essayé d'attacher le tabouret à son vélo, puis l'a chargé sur ses épaules, persuadée que sa place était dans notre chambre, qu'une plante devait y trôner comme dans un foyer digne de ce nom.

« Qui t'a brisé le cœur ? » ai-je demandé une fois de retour dans la chambre. Nous étions assises tout habillées sur nos lits. Le sang battait dans mes oreilles, j'avais l'impression de tout pouvoir demander.

Elle a regardé dans son thé. N'a rien répondu et les secondes se sont étirées. Le froid s'est répandu dans mon ventre.

« On le brise continuellement, a-t-elle dit finalement. Je vais à la clinique, et je sais que quand je rentre, je vais devoir le réparer. Pas toujours. Il y a des jours où tout à coup tout a du sens, mais… tu sais comment c'est. Comme ils sont avec les patientes.

— Pas tous. » J'avais parlé un peu fort. « Ils ne sont pas tous comme ça, ai-je ajouté plus doucement.

— Tu parles du docteur de ton service ? » Elle a posé sa tasse. « Tu parles de toi ? »

Son ton m'a agacée. Je n'ai plus rien dit. Elle l'a tout de suite remarqué. « Excuse-moi, a-t-elle murmuré, je ne voulais pas finir notre soirée comme ça. »

Elle s'est levée. Elle a enlevé son manteau. Elle l'a suspendu dans l'armoire et a retiré ses autres vêtements derrière la porte entrouverte. Les lignes de son corps sont apparues bouton après bouton. Son épaule gauche. Son sein gauche. La courbe de ses côtes. L'os de sa hanche. La ligne en dessous qui mène entre ses jambes.

Elle m'a regardée. Je me suis sentie prise sur le fait, mais je n'ai pas pu détourner les yeux. D'autant que les siens ne le demandaient pas. Ils me dévisageaient. Ils pénétraient en moi.

« Je voulais un moment en tête à tête dans une chambre. Nous n'existions que dehors. Quelques minutes par-ci, une heure par-là, je me sentais comme un chien. À qui on donne tout juste de quoi survivre. Mais ma faim… » Elle a passé la tête dans sa chemise de nuit. « Ma faim n'est jamais assouvie. »

Elle a fermé l'armoire et s'est glissée sous sa couverture.

« Et toi ? a-t-elle demandé. Qui t'a brisé le cœur ?

— Personne. Tout au plus ma sœur quand elle est partie.

— Mais elle va revenir. »

J'ai hoché la tête. « Elle va revenir. »

8

Quelques jours plus tard, j'ai eu congé. Je me suis réveillée quand Sarah est rentrée du travail. Nous voulions profiter de ce qu'il faisait jour pour poncer le tabouret; c'est ce que nous avions convenu.

«Je m'allonge juste un instant, et je suis prête», a-t-elle dit en guise de salut. Elle a jeté son manteau sur le dossier de la chaise. Elle s'est glissée tout habillée sous les draps. Elle s'est tout de suite assoupie.

Alors j'ai passé la journée en sa compagnie endormie. Je savais que je n'avais pas le droit de commencer le tabouret sans elle. J'ai lu, fait ma lessive, pris une douche, puis je me suis allongée et j'ai écouté sa respiration.

Elle s'est réveillée à la tombée du jour. Elle m'a mollement accusée de l'avoir laissée dormir trop longtemps. Je lui ai apporté du café et des petits pains. Puis nous avons cherché à la cave du papier de verre, de la peinture et du vernis, et nous nous sommes installées avec le tabouret dans le soleil d'hiver déclinant.

«Ma nuit a été longue, a-t-elle dit. J'aurais préféré rester éveillée et passer la journée avec toi.»

J'ai senti mes joues s'empourprer.

«Parfois je les déteste.» Elle a plongé la main dans la poche de son manteau. Elle a sorti un paquet de cigarettes et m'en a offert une. J'ai secoué la tête. J'ai pris le papier de verre et me suis mise au travail.

« Les patientes. Parfois je les déteste. De tout mon corps et de toute mon âme, je pourrais les étriper. » La flamme de l'allumette a éclairé son visage. Elle la tenait entre ses doigts, et j'ai pensé elle va mettre le feu au meuble, il va s'embraser entre mes mains.

« Je déteste comme on les traite. » Elle a allumé sa cigarette et a soufflé l'allumette. « Je me dis que c'est de leur faute. Pourquoi sont-elles aussi bêtes ? Je déteste qu'elles aient mal. Que ça se voie. Puis je m'aperçois combien je suis injuste, et je me déteste moi-même. Pourrais m'étriper moi-même. »

Je n'ai rien dit. J'ai senti la nausée familière entre mes côtes. Pas comme d'habitude, pas au point de devoir compter. Mais elle était là.

« Tu ne détestes jamais ça ?

— Non. »

Elle a froncé les sourcils. Encore cette pause parce qu'elle ne me croyait pas. J'ai songé à la détresse. À la détresse noire qui guettait, quand il n'y avait plus d'espoir dans le service.

« Parfois c'est dur, ai-je concédé, mais détester… C'est un bon métier. Il apporte tellement de… » *Bien,* aurai-je voulu dire. Ça n'a pas franchi mes lèvres. Elle a hoché la tête.

Seules toutes les deux dans la cour, j'aurais voulu tout lui raconter dans le moindre détail. J'aurais voulu lui parler du jeune homme qui, grâce à l'intervention deux jours plus tôt, avait perdu sa rage destructrice et avait été mis hors d'état de nuire. J'aurais voulu lui parler de la force avec laquelle je l'avais accompagné pendant toute l'intervention. « Tiens-moi la main. Je suis là, tu vas y arriver. »

Quelque chose en elle m'en empêchait. Une défiance dans son regard quand nous parlions de la clinique. En sa présence, l'assurance et la force que je ressentais pour mon travail se réduisaient à une affirmation vague. Je ne parlais jamais beaucoup de la clinique. Je disais quelques mots sur les vieilles infirmières, les patientes, l'intervention, puis je croisais son regard sceptique et je changeais de sujet. Elle en faisait autant. Elle ne commençait à raconter que pour s'interrompre en pleine phrase : « Assez. Nous ne voulions même pas en parler. Ça pourrit tout. Non ? Tu as lu le journal aujourd'hui ? Cette histoire de grand incendie, je n'ai pas tout compris… »

Elle a tiré une dernière bouffée puis a écrasé sa cigarette sur le sol.

« Et chez toi ? » J'ai soufflé la poussière du tabouret. Elle a tournoyé dans l'air et s'est posée sur son manteau. Elle ne l'a pas chassée. « C'est comment ?

— Comment c'est ? » Ne t'en ai-je pas assez raconté ? disait son regard.

Il y avait elle et sa mère. Il y avait une voisine qui venait parfois prendre le thé et restait plusieurs jours. Il y avait une voiture bringuebalante avec laquelle sa mère venait la chercher à la gare, sans un bonjour, la portière du passager s'ouvrait à la volée, et déjà elle recevait la première vague de queltempspourri, pourquoitutemetslàaufond, tuasvuàquoituressembles.

La maison se situait sur un vaste terrain. Il y avait tellement de ciel qu'on finissait par s'en lasser. Il y avait les photos des grands-tantes et des grands-parents, tous déjà loin quand Sarah était née.

Chez elle, les pièces étaient humides. Comme la cave du foyer, où nous avions fouillé les débarras pour du papier de verre. Comme à l'hôpital, dans les vestiaires. « Parfois je suis à la clinique, et tout à coup, dit-elle en claquant des doigts, j'ai l'impression d'être chez ma mère. Comme si elle et moi respirions le même air. Parce que ça sent pareil. Parce que j'ai la même sensation là-dedans. » Elle a posé la main sur son ventre.

« Moi aussi ça m'arrive.

— Ah oui ? »

Je lui ai donné un coup dans l'épaule, plus fort que j'en avais l'intention. « Crois-moi si je te le dis ! » Elle a dû faire un pas de côté pour garder l'équilibre. Ma témérité est retombée comme une pierre dans mon estomac. « Pardon », ai-je murmuré en baissant la tête. Elle s'est avancée vers moi, a pris mon menton entre ses doigts et l'a relevé.

« Je ne suis pas en sucre », a-t-elle dit.

À ce moment-là, j'aurais voulu laisser le poids de ma tête aller contre sa main. J'aurais voulu fermer les yeux et me reposer là.

De retour dans la chambre, nous avons déplacé le tabouret d'un coin à l'autre de la pièce. Il ne semblait avoir sa place nulle part. Nous l'avons finalement laissé au centre. « Notre phare », a dit Sarah en posant une bougie dessus. Maintenant que ce meuble inutile trônait dans la chambre, elle avait soudain l'air vide.

« Je peux voir les cartes postales de ta sœur ? »

J'ai acquiescé. J'ai sorti la petite liasse du tiroir et la lui ai tendue. Elle a sifflé d'admiration. « On devrait les accrocher, a-t-elle dit. Ta sœur voyage partout dans le monde.

— Pas vraiment. » J'ai retourné une carte et j'ai lu à haute voix. « Chère Meret... Je travaille toujours à la ferme et depuis deux semaines, le ciel est si sombre qu'on s'attend à tout moment à recevoir des seaux de merde sur la tête... Alors je t'envoie une carte postale du sud...

— Il ne faut pas pleurer, a dit Sarah.

— Je ne pleure pas. »

Je n'étais pas ma sœur. Je n'allais pas au-devant les autres pour verser mes larmes, sans gêne, comme pour revendiquer ma douleur.

«Je vais acheter une plante, ai-je dit, pour le tabouret. Chez le fleuriste de la gare.

— Non.» Elle a posé sa main sur la mienne. «On va le faire ensemble. Toi et moi. D'accord?»

Comment aurais-je pu ne pas l'être.

9

Elle était agenouillée au pied de son lit, appuyée sur ses coudes. Son front reposait sur ses mains croisées.

Voilà comment je l'ai trouvée, dans la semi-obscurité. La neige jetait une lumière froide à l'intérieur. Il m'a fallu un moment pour distinguer clairement sa silhouette. Pourtant, je savais qu'elle était là. Nous nous connaissions désormais suffisamment pour sentir la présence de l'autre avant d'entrer dans la chambre.

La porte était mal fermée. Je l'ai légèrement poussée. Il était déjà tard, la nuit était tombée depuis longtemps.

J'ai cligné des yeux car je n'étais pas sûre de bien voir. Elle chuchotait les yeux fermés. Elle ne m'a pas remarquée.

J'ai doucement refermé la porte. Je suis descendue. Me suis assise seule à l'une des grandes tables et j'ai pris mon dîner. J'avais assisté à quelque chose d'intime, plus intime qu'un corps nu, plus intime que des larmes.

J'ai laissé le trouble me gagner. Écouté les bruits de la maison. Le bois qui craquait à cause du froid, les bruissements dans les murs, signal infaillible d'un passage nocturne aux toilettes. Soudain ses pas dans l'escalier. Elle s'est immobilisée dans le cadre de la porte.

« Viens au chaud », a-t-elle dit.

J'étais au-delà de la fatigue. Je ne voulais pas me coucher, je savais que sinon je passerais la nuit avec mes pensées.

« Je vais ressortir.

— Il fait un froid terrible. »

Sur les vitres, on voyait des cristaux de glace cheminer et se ramifier. Un dernier soubresaut de l'hiver. Nous étions déjà fin mars.

« Viens avec moi », ai-je dit.

Nous avons pris les vélos et pédalé jusque-là où s'arrête la route goudronnée. D'ordinaire, la forêt nous accueillait en mur noir, mais ce soir-là la neige lui donnait un relief, la rendait souple, presque engageante. Nous avons posé les vélos et pris le même sentier que la nuit de Noël. Nous reviendrions par le même chemin.

Nous nous taisions. La neige avait déployé son manteau sur les bruits. Seul le crissement de nos pas résonnait, notre respiration, de temps à autre un craquement dans les fourrés.

Les infirmières étaient nombreuses à craindre la forêt. S'il faisait nuit et qu'elles devaient rentrer seules, elles faisaient un détour. Il y avait des histoires, bien sûr, toutes lugubres à leur façon. Moi, je n'avais pas peur de la forêt. Je me fiais au chemin que je prenais jour après jour, certaine que cette confiance me protégerait.

Sarah me précédait. Elle ne supportait pas de rester à côté de moi quand nous nous déplacions. Je connaissais désormais si bien son dos. Je connaissais la légère courbe qu'il formait sur le vélo. Je connaissais son allure droite, la fierté qu'elle maintenait même dans la fatigue

Il a recommencé à neiger. J'ai d'abord cru à une illusion, de la neige qu'un coup de vent aurait soufflée d'un arbre. Mais les flocons se sont multipliés. Ils tombaient sans bruit sur le sol, les arbres et les buissons. Sur les cheveux de Sarah. Elle a tendu la main et attrapé quelques flocons.

J'ai retenu mon souffle. Je ne voulais pas voir la buée formée par mon haleine glacée. Je voulais regarder ses cheveux, et la neige en faire lentement son paysage.

Quand nous sommes revenues dans notre chambre, la fenêtre était grande ouverte. Il y avait de la neige sur le sol. « Non ! » me suis-je écriée.

Nous allions geler toute la nuit. Sarah a ri de l'inconscience avec laquelle nous étions parties.

Je me suis rapidement changée et me suis mise au lit. J'avais encore chaud du trajet à vélo, mais cette chaleur m'a rapidement quittée. La sueur a refroidi sur ma peau. Je me suis recroquevillée, les bras serrés autour des genoux, pour retenir un peu de chaleur. J'ai regardé Sarah, elle grelottait comme moi, petite boule tremblotante dans son lit, finalement pas si insensible.

« Viens te coucher avec moi », a-t-elle fini par dire.

Ce n'était rien d'extraordinaire. Les infirmières dorment souvent dans le même lit. Pour se réchauffer, se consoler, tuer le désespoir. Voilà ce que je me disais tandis que je m'exécutais. Elle a passé son bras autour de moi, je la sentais dans mon dos, ma nuque, mes cheveux. Elle tremblait mais son corps était chaud. Elle m'a pris la main. J'ai embrassé ses doigts. Son poignet. Son avant-bras, là où couraient ses veines.

10

J'en étais convaincue : ce n'était pas moi. Je ne m'étais pas mise nue après notre promenade en forêt pour que ses mains soient avec mon corps. Je n'avais pas embrassé ses oreilles dans cette chambre glacée, pas livré ma langue à la sienne, ne m'étais pas figée quand elle avait saisi mes cheveux puis mon cou. Je n'avais pas passé mes doigts entre ses cuisses, ne les avais pas écartées pour toucher son entrejambe. Je n'avais pas senti son corps commencer à trembler, une main s'agripper au drap et l'autre me tirer à elle, jusqu'à ce que mon front touche le sien.

Je ne m'étais pas arrêtée, avais ouvert les yeux et échangé avec elle ce regard étonné. Ma tête contre son épaule, encore nue, transpirante, un sommeil rapide, noir, comme un évanouissement – pas moi, car : comment aurais-je pu.

Moi, j'étais celle qui s'était réveillée au milieu de la nuit, s'était dégagée confusément de ce corps, avait enfilé ses pantoufles, couru aux toilettes où elle s'était aspergé le visage d'eau froide et avait dit à son reflet : c'était sûrement une autre. Et qui avait ensuite clopiné pour revenir à la chambre et voir Sarah endormie, imperturbable, contente même, comme si elle faisait de beaux rêves. J'étais celle qui avait laissé ce reste de nuit muer en matin et qui avait ensuite commencé sa journée, une journée à peine différente des autres.

C'était l'histoire de la honte.

Il y en a aussi une sans.

J'ai embrassé ses avant-bras.

J'ai embrassé sa clavicule.

J'ai embrassé l'endroit entre ses seins.

J'ai embrassé sa bouche, à laquelle mon regard s'était accroché tant de fois.

Elle a saisi mes cheveux. Mon cou. Elle a dit dans ma bouche qu'elle était humide. Que je la rendais humide.

J'ai passé mes doigts entre ses cuisses et je les ai doucement écartées. J'ai touché son humidité brûlante, quelque chose s'est contracté dans mon bas-ventre, et je me suis aperçue que moi aussi j'étais humide. Qu'elle aussi me rendait humide.

« Et maintenant ? ai-je demandé.

— Dedans, j'aime quand c'est dedans. »

Je l'ai regardée. Je voulais voir ce qui passait sur son visage. Et comme il n'y avait pas de lumière, comme nous ne devions pas faire de bruit, seule sa respiration m'indiquait le chemin : pas là. Ou : oui, juste là.

Puis je me suis écartée d'elle. Mes doigts ne m'étaient plus assez proches. Je me suis laissée glisser le long de son corps, ma tête dans son entrejambe, pour bien voir à quoi elle ressemblait, même si l'ombre de mon visage éclipsait presque tout. Je me suis orientée avec ma langue. Je ne voulais pas seulement la sentir. Je voulais la goûter.

J'ai senti son corps commencer à trembler, vu une main se refermer, s'agripper au drap et l'autre me chercher, hésitant à m'arrêter et à la fois exigeant que je ne m'interrompe surtout pas, parce que chaque fois que je la touchais quelque chose tombait d'elle, et c'est à peine si elle le supportait. J'ai continué, enfoncé mes doigts plus loin en elle, jusqu'à ce que le tremblement devienne une convulsion – puis un coussin saisi à la hâte qu'elle a posé sur son visage. Il a tout juste étouffé le son surpris qui lui a échappé.

J'ai suivi sa main qui me tirait à elle. Nous avons échangé un regard étonné. Je l'ai laissée m'embrasser. Je l'ai observée passer sa langue sur ses lèvres et sourire.

« Maintenant toi », a-t-elle dit.

Mais je ne voulais pas quitter ce moment. « Reste comme ça près de moi, d'accord ? »

Ma tête contre son épaule, nue, en sueur, un sommeil rapide, profond a surgi dans ce bonheur, comme un évanouissement.

Je me suis réveillée au milieu de la nuit. Je me suis dégagée confusément de son corps chaud. J'ai enfilé mes pantoufles, ai couru aux toilettes et me suis aspergé le visage d'eau froide. J'ai regardé mon reflet. Le fin duvet au-dessus de mes lèvres. La fossette qu'il couvrait. La paupière plus basse que l'autre. J'ai passé mes doigts sur les os qui se dessinaient sous ma peau ; mes joues, ma mâchoire, mon front.

C'était donc moi. Voilà à quoi je ressemblais.

Quand je me suis faufilée dans la chambre, elle dormait, imperturbable. Son corps formait un creux tout juste de ma taille. J'ai laissé ce reste de nuit muer en matin. J'ai pris sa main et l'ai embrassée, surprise par ma propre odeur sur ses doigts. Elle a fini par émerger de son sommeil. Nous avons commencé la journée ensemble.

11

Seize mètres carrés, deux lits, une armoire, une table, une chaise. Un tabouret sur lequel aurait dû se trouver une plante, comme il se doit dans un véritable chez-soi.

Nous nous laissions des petites attentions. Des livres, du chocolat, une fleur fraîchement cueillie. Des mots où nous nous racontions ce qui nous arrivait. Elle parlait de sa chaîne de vélo qui faisait des siennes, ou de sa mère au téléphone qui allait chercher un gilet puis oubliait sa fille tout à fait. Je lui parlais de la dernière carte postale de Bibi, envoyée depuis l'Australie, et de la colonne de fourmis aux toilettes.

Les soirs qui ont suivi notre première nuit, je les ai passés dans mon lit, le regard happé par ces objets, rongeant ces bribes de quotidien auxquelles Sarah me laissait accès. Elles m'aidaient à traverser ces nuits solitaires.

Nos moments ensemble dans cette chambre :

Se dire bonjour. Enlever la veste et la suspendre dans l'armoire.

S'acquitter de choses importantes avant de se consacrer à l'autre : vite aux toilettes, faire partir la clinique, si ce n'est de tout le corps, du moins du visage, des mains et des bras.

Raccommoder mon uniforme déchiré à la manche. Repasser dans ma tête la transmission à l'infirmière de nuit pour pouvoir aussi m'enlever la clinique de l'esprit.

Soudain interrompue par sa voix : « Je peux ?

— Oui. » Elle s'avançait vers moi, posait ses mains sur mes joues et m'embrassait. Nous riions. Rire déblayait la tête.

Veiller, jusqu'à avoir mal aux tempes, car le corps était fatigué, voulait s'allonger près d'elle et dormir. Et moi qui luttais, voulais rester éveillée et tout découvrir d'elle.

Le sommeil qui me faisait sombrer comme une pierre.

Creuser les débuts : « Ton premier baiser, c'était qui ?

— Une fille de mon village. Pour me remercier de lui avoir donné mon vélo. »

Elle venait derrière moi quand je regardais par la fenêtre. M'entourait de son bras en l'enroulant sur ma clavicule. Me caressait l'épaule du pouce. J'aurais pu fermer les yeux et rester des heures comme ça.

« Elle a aussi été ma première fois. Tout est allé de travers. Comme si on ne savait pas distinguer le haut du bas. Mais…

— Mais ?

— C'était comme rentrer à la maison. J'avais l'impression d'être chez moi. »

Elle a posé sa tête contre la mienne.

« Et toi ?

— Une fille de l'école.

— Aussi une fille ?

— Toutes les filles embrassaient des filles à l'époque.

— Ça ne m'étonne pas. »

Lentement, elle a parcouru la longueur de mon bras. Elle m'a saisie par la hanche et m'a tirée contre elle.

Ôter de nous toutes ces choses quand nos heures touchaient à leur fin. Le réveil égrenait les dernières minutes, et nous nous détachions l'une de l'autre. Nous enlevions les vêtements dans lesquels nous avions été ensemble. Nous peignions et relevions nos cheveux. Nous quittions la chambre et nous aspergions le visage d'eau froide.

Nous ne nous embrassions jamais pour nous dire au revoir.

Il y avait aussi des heures froides. Le changement pouvait être brusque. Nous étions assises côte à côte, et elle disait : « Un jour, j'aimerais te montrer où j'ai grandi. Te présenter ma mère. Elle est comme un piano désaccordé. Je pense que vous pourriez vous entendre. »

J'ai hoché la tête. Alors que j'aurais voulu ne jamais sortir de cette chambre. Ici, c'était facile : l'une rentrait, l'autre était là. L'une fermait la porte, et tout ce qui valait dehors s'annulait.

Elle s'est levée. Elle a pris son oreiller, s'est dirigée vers la fenêtre et l'a secoué. Elle a tendu son drap et sa couverture pour qu'ils soient lisses, plus lisses qu'ils ne l'avaient jamais été. Elle va aller chercher le balai, ai-je pensé. Et elle l'a fait. J'ai pris une profonde inspiration.

Une de ses particularités : la colère qui se transformait en ordre.

J'ai attendu qu'elle ait tout balayé. Que même ses livres soient délestés de leurs grains de poussière.

Puis elle s'est arrêtée devant la porte. Elle voulait partir. Je l'aurais laissée. Elle le savait.

Elle s'est rassise près de moi sur le lit. Elle a ouvert la bouche, secoué la tête, s'est dégagée quand j'ai voulu lui poser ma main sur l'épaule. Lentement, très lentement, l'épuisement a chassé sa dureté.

« Elle a fait une chute à vélo.

— Qui ? » Son profil rendait toute réponse superflue.

« Cela faisait longtemps que nous n'étions plus… ce que nous avions été. Nous nous écrivions toujours. Téléphonions de temps à autre. Deux minutes de calme… et ça explosait à chaque fois. Elle était ingérable. Instable. Pensait qu'elle savait tout sur tout. Nous n'aurions jamais tenu deux semaines ensemble. »

Son cœur brisé. Je me suis souvenue des verres que nous avions bus à cette occasion.

« Elle était dépendante.

— Morphine ? » C'était une addiction courante. Avec leur penchant pour les opiacés, les êtres humains fournissaient du travail à des villes entières, et des morts à des cimetières entiers, avait coutume de dire le docteur. Ces médicaments lui inspiraient une telle appréhension que lui-même renonçait à tout ce qui aurait pu soulager son dos, même dans les pires douleurs.

Sarah a acquiescé. « Elle avait déjà suivi plusieurs traitements. Je ne sais pas, je crois qu'il me manque un élément pour comprendre. Ou alors je ne comprends que trop bien. Je ne sais pas. » Sa main s'est refermée sur la couverture. Elle s'agrippait au tissu. « Elle est tombée. On l'a amenée à l'hôpital. Le médecin là-bas la connaissait déjà. On l'a traitée pour schizophrénie. Avec les méthodes usuelles. Par pour une commotion cérébrale, alors que sa tête… avait cogné directement sur l'asphalte. »

Elle a expiré doucement à travers ses lèvres. Sa voix tremblait. Elle va pleurer, ai-je pensé. Elle va se mettre à pleurer. Je ne voulais surtout pas qu'elle pleure.

« Tu l'as vue ? » Elle n'a rien dit, et soudain j'ai compris. J'ai compris d'où venait son cœur brisé.

« Je ne peux même pas leur imputer de mauvaise intention. J'aimerais bien, ce serait plus simple. Je crois qu'ils ont vu quelque chose de malade et ont voulu le soigner. Et ils l'ont fait. Jusqu'à ce qu'il ne reste plus rien d'elle. »

Sarah a fermé les yeux.

« C'est à cause d'elle que c'est différent. Que je suis différente. » J'ai perçu qu'elle venait de partager avec moi quelque chose d'enfoui sous tout ce que je savais déjà. Je l'ai perçu et ça m'a fait me sentir spéciale, mais je n'en voulais pas.

« Tu es fière de ton travail. Je comprends. Moi aussi je le suis. Malgré tout. » Elle a brusquement tourné le regard vers moi. « Mais ce n'est pas si simple. Les choses ne sont pas aussi simples que tu le voudrais parfois. »

J'ai hoché la tête. Il fallait la laisser, désormais je le savais. Il fallait la laisser, et elle en viendrait d'elle-même à changer de sujet.

12

Il était déjà tard quand nous nous sommes retrouvées devant la maison verte. Nous avions rendez-vous pour acheter une plante. Ces dernières semaines, Sarah avait souvent regardé le tabouret, les yeux pleins de reproches. « Laisse-moi m'en charger », disais-je alors. Le temps ensemble m'était trop rare, toujours trop rare, pour le gaspiller là où je n'avais pas le droit de toucher Sarah.

« Non. Toi et moi. On le fait ensemble. »

Nous avons pédalé en direction de la gare. Là, il y avait un magasin qui ne fermait jamais, qui fournissait aux gens des plantes et des fleurs à toute heure de la journée.

Sarah me précédait. Le vent ballottait ses cheveux attachés. Ils étaient partout dans la chambre. Ils étaient aussi dans les douches, les lavabos et se coinçaient dans la grille d'écoulement. J'aimais les toucher. J'avais alors l'impression que mes mains étaient faites pour ça.

Nous avons cadenassé nos vélos ensemble. Sarah n'avait pas encore souri, pas jeté un seul regard par-dessus son épaule, comme elle faisait d'ordinaire quand nous étions à vélo et qu'elle filait devant. Depuis qu'elle m'avait parlé de son amie, une part d'elle était retournée se cacher derrière son silence coutumier. Je n'avais pas le droit de la questionner sur elle. Sur ses souvenirs avec elle. Sur son nom.

« Certaine qu'on va trouver quelque chose là-dedans ? » Elle lorgnait par la vitrine du magasin. Elle ne le connaissait donc pas. Elle ne savait pas que tout le monde passait ici à la hâte avant de s'engouffrer dans les trains. Fixait le fond des seaux. Essayait en vain d'assembler quelque chose. Puis l'appel à l'aide aux vendeurs. *Excusez-moi*, soufflait-on, *je suis pressée, ne pourriez-vous pas…* les fleuristes avaient tellement l'habitude, ils ne s'enquéraient même pas de l'occasion, ils la lisaient sur les visages.

« Certaine. » Je suis entrée, longeant les seaux et deux clientes, jusqu'à rejoindre l'arrière de la boutique, où se trouvaient les plantes. Le vendeur m'a fait un signe de tête. *Famille*, murmurait-il quand je venais. Avant de prendre le train pour chez mes parents, je leur achetais des fleurs. Le vendeur me composait alors un modeste bouquet. Il y glissait de part et d'autre quelque chose de lumineux, qui rappelait le printemps, quand dehors il faisait juste gris.

« Une qui n'a pas besoin de trop de soleil », a dit Sarah. Elle a pointé le rayon du bas.

« Celle qui a du rouge sur les feuilles ?

— Bon choix. » Elle a saisi la plante et l'a apportée à la caisse. Le vendeur l'a regardée d'abord elle, puis moi, a attendu que j'acquiesce avant de prendre à contrecœur notre argent.

« Qu'est-ce qui lui arrive ? » a-t-elle demandé une fois sorties dans le hall de la gare.

Je lui ai expliqué la loi du fleuriste. Comme nous l'avions contournée en nous passant de ses conseils.

« Tu achètes des fleurs pour ta famille ?

— À vrai dire pour mon père. Il adore les fleurs. Mais il ne l'avouerait jamais. » Je le voyais dans ses yeux quand je lui tendais le bouquet. Une joie secrète, à peine une palpitation.

« Ce doit être un bon père si sa fille lui offre des fleurs.

— C'est… un père. »

Sarah a éclaté de rire. Au lieu de prendre la sortie, elle s'est dirigée vers les voies.

« Viens, on s'assied encore un moment sur le quai. »

Il n'y avait plus grand monde. Les derniers trains entraient en gare, et emportaient leurs passagers. Je voulais rentrer. Je n'avais pas besoin du dehors. Pas comme elle.

« Pourquoi ta sœur est partie ?

— Elle n'est pas partie. »

Sarah a soupiré. J'ai senti son agacement. Moi aussi j'étais agacée. Elle avait la faculté de susciter quelque chose en moi, et ce quelque chose n'avait ni angle, ni prise, rien à quoi je puisse me retenir. C'était l'inverse de la sécurité, de l'accord tacite entre nos corps quand ils se touchaient.

« Elle est compliquée, ma sœur. Elle ne s'embarrasse pas de… de principes. De règles. De savoir-vivre.

— Ça criait parfois chez vous ?

— On était un peu à l'étroit, c'est tout. »

Elle a hoché la tête. « Ma mère aussi peut être odieuse. » Elle balançait les pieds. « À sa manière.

— C'est-à-dire ?

— Elle te laisse seule comme un chien. Sans quitter la pièce. Elle est assise à table avec toi, mais… elle n'est pas là.

— Comme toi. »

Sarah a porté la main à sa poitrine, comme si elle avait été touchée par une balle. Elle a regardé par terre. Puis elle a levé les yeux vers le panneau d'affichage, dont les palettes tournoyaient.

« Je pars toujours de là pour aller chez elle.

— Mon train aussi part de cette voie. » Il allait directement à la gare où Bibi venait encore me chercher avec ma mère les premières années. Ma mère que je voyais dans le miroir, dans les commissures de mes lèvres, mon menton, mes joues. Qui écoutait mes excuses quand j'annulais encore ma venue, parce que depuis Sarah chaque jour de libre était trop précieux. « Beaucoup à faire ? » demandait-elle au téléphone, sautant à pieds joints dans mes mensonges au lieu de s'enquérir de la vraie raison de mon absence.

Ma mère qui me disait encore : « Attends qu'il vieillisse. Il sera plus facile à aimer. »

Mais ce n'était pas difficile. Ça ne l'avait jamais été. Même les coups. Seulement l'après. Quand il arrêtait et que son corps s'affaissait. Dans cet épuisement, les larmes lui venaient toujours. « Pardonne-moi… s'il te plaît, pardonne-moi. » Il voulait alors tenir ses enfants dans ses bras. Ils ne pouvaient partir qu'après s'être laissé embrasser, qu'après lui avoir dit : « C'est bon. C'est pas grave. »

« Aujourd'hui, ça n'arrive plus. » J'ai haussé les épaules. « Nous étions mieux lotis que d'autres. Seule ma sœur ne... elle ne le laissait pas s'excuser, elle criait *laisse-moi, laisse-moi partir*, elle jouait à ses jeux, provoquait, elle n'arrête jamais, elle… »

J'ai secoué la tête. C'était à nouveau là, à l'air libre, et moi je patinais sur cette surface lisse. Pourquoi. Tant que ces choses restaient dedans, tout allait bien. Tant que nous restions ensemble, ça ne nous atteignait pas.

« Ce n'est pas sa faute. » Sarah me regardait. Elle a tendu la main et a remis une mèche derrière mon oreille. J'aurais voulu me défendre, j'aurais voulu lui faire comprendre que c'était parfaitement la faute de Bibi, mais son geste m'a laissée sans voix.

Sa main est restée suspendue dans l'air. Voulait-elle me prendre par la nuque ? Laisser reposer sa main sur ma cuisse ? Elle l'a finalement retirée pour caresser les feuilles de la plante.

Sur le quai d'en face, deux femmes couraient pour attraper le train. L'une devant, l'autre haletant derrière. Et si c'étaient Sarah et moi, ai-je pensé. Et si nous courions toutes les deux avec nos valises, parce que nous étions sur le point de partir, ailleurs, comme elle le voulait.

« Admettons qu'on parte de là pour aller chez toi, ai-je dit, on suivrait quel trajet ?

— D'abord on dormirait sur ce banc, il faut se décider tôt pour ce genre de voyage. Puis on prendrait le train de sept heures moins le quart. On voyagerait deux heures, on changerait de train et on crapahuterait trois nouvelles heures au milieu de nulle part. Ma mère viendrait nous chercher. Elle ne se présenterait pas, mais râlerait abondamment. Le ciel te paraîtrait infini, encore plus infini qu'ici. On croit que la mer va apparaître à tout moment, mais non, elle n'apparaît pas. Et au bout d'un moment, on serait arrivées.

— Ça me plaît. »

Elle a posé sa tête sur mon épaule.

« À moi aussi. »

MERET

1

Premier chemin : celui des vestiaires. Une fois passée l'entrée, descendre les escaliers, suivre l'odeur d'humidité, se tenir à la rampe, surtout ne pas glisser sur les marches. La pluie semblait perpétuelle, tambourinant sur le bâtiment, plombant l'air de la pièce, rampant à l'intérieur des murs. Celles qui s'étaient préparées d'abord étaient toujours là. Je sentais leur transpiration. La chaleur de leurs corps.

Je suis entrée dans les vestiaires quelques heures avant l'intervention de Marianne. Je voulais me doucher et ajuster ma coiffure. Parfois, durant les heures perdues entre minuit et l'aube, les infirmières qui avaient vu le gouffre s'asseyaient là. Et ne repartaient pas. Pensant que si elles restaient assez longtemps, elles pourraient laisser le gouffre derrière elles, l'enlever comme leur uniforme.

Mais pas ce jour-là. Ce jour-là, j'étais seule. Pas de casiers qu'on ouvre et qu'on referme, pas de vêtements ou chaussures qu'on retire, pas de bas qu'on déroule. Avant chaque service, nous les remontions au-dessus des genoux, traquant les éventuelles taches ou les mailles filées. Nous nous aidions à attacher nos tabliers. Inspections nos visages. Un miroir peut mentir. Une infirmière pas.

J'ai jeté mon uniforme dans la corbeille prévue à cet effet et je suis allée sous la douche. J'ai fait couler de l'eau si chaude qu'elle m'a brûlé la peau. J'ai pensé qu'en ce moment même,

Sarah travaillait dans l'aile gauche, qu'elle était réveillée, comme moi, que son cœur battait, comme le mien.

Ici, elle n'existait pas. Pas vraiment. Seulement en moi. Je la portais de pièce en pièce. Mais je ne la croisais jamais dans les couloirs, jamais au vestiaire. Je faisais en sorte que ça reste comme ça. Malgré les horaires qui séparaient nettement nos présences à la clinique, il me semblait parfois la sentir près de moi. Je croyais reconnaître sa chevelure noire, le sillage de son odeur, la rumeur de sa voix. Je pressais le pas. Je n'aurais même pas su dire quel était son casier. Je ne voulais pas le savoir.

Les cheveux. Les brosser. Les relever. J'ai cherché la petite boîte où je rangeais mes épingles. « Tiens, avait dit Sarah après l'une de nos premières nuits. Garde-la. Pense à moi quand tu l'utiliseras. »

J'ai ouvert la boîte. Un cheveu noir s'entortillait autour de l'une des épingles. Toujours là quand je soulevais le couvercle. Au début, il m'apparaissait comme une relique, la seule que j'aurais pu sauver d'un rêve fugace. Mais depuis, j'étais retournée maintes fois dans notre chambre, et j'y avais chaque fois retrouvé Sarah.

Elle était là. À ce moment-là, je pensais qu'elle le serait toujours.

Fixer la coiffe. Me regarder dans le petit miroir, de face, de profil, m'assurer que tout était en place.

J'ai refermé la boîte. Marianne requérait désormais toute mon attention. Une nouvelle vie l'attendait. Elle n'y était pas encore tout à fait. Presque.

2

Le docteur ne savait pas ce qui avait échoué. Ce n'est qu'après l'intervention qu'il a pu analyser ce qui s'était passé et s'approcher d'une certitude. Alors qu'il avait fallu une seconde, déclenchée par un mot prononcé par Marianne, un mot sans sens ni rapport, à l'instant où elle s'apprêtait à poser une carte – pour que ça bascule. Quelque chose dans ses yeux s'est éteint. Nous n'avons pas pu le rétablir. Un gouffre s'est ouvert.

Il faisait presque nuit quand j'ai pour la première fois quitté son chevet. Une infirmière a pris ma place pour que je puisse aller aux toilettes. Dans le couloir, le calme habituel et trompeur s'était établi. Le jour s'était couché, et la nuit, avec ses caprices, n'était pas encore tout à fait tombée.

J'ai poussé la porte et je suis entrée dans l'obscurité silencieuse. J'étais seule. Nous venions rarement là, et jamais pour uriner ou un plus gros office. Tout le monde s'y conformait. Ces toilettes avaient une autre fonction.

Je me suis dirigée vers la fenêtre sans allumer la lumière, et l'ai ouverte en grand. Les yeux fermés, je me suis appuyée au cadre et j'ai laissé la fraîcheur caresser mon visage. Je suis restée ainsi quelques respirations.

J'avais sauvegardé des images pour ces moments-là, quand le gouffre s'ouvrait.

Bibi qui m'offre une petite radio pour mon anniversaire. Elle l'a récupérée dans une benne et l'a réparée elle-même.

Wilm et moi. Nous volons de la confiture dans la cave des voisins après que nos parents nous ont enfermés dehors pour la nuit. Sarah qui pose son manteau sur mes épaules. Son odeur qui m'enveloppe tout entière. Savoir au fond de moi que tout ira bien. Tout ira bien.

Dans la chambre de Marianne, comme dans chaque chambre, se trouvait une chaise. Je m'y suis assise après l'intervention. Il y avait elle, et rien qu'elle. On m'avait libérée de toutes mes autres obligations. Ma seule tâche était d'être là, et de ne pas la quitter des yeux. Je ne comprenais pas pourquoi je le ressentais comme une punition.

De temps à autre, son corps montrait qu'il était toujours en vie. Il soupirait, transpirait, tressaillait. C'étaient des effets secondaires fréquents. Si j'avais été naïve, j'en aurais conçu de l'espoir. Au moins, ça m'occupait. Le reste du temps, Marianne restait allongée là, longuement, trop longuement, ni réveillée ni endormie, son regard dirigé nulle part. Être auprès d'elle dans ces phases-là, c'était le plus difficile.

À la fin de mon service, on m'a apporté des pommes, du pain et du café. Et la nuit est tombée. Hormis mon passage aux toilettes, je ne suis pas sortie de la chambre.

Marianne avait de la valeur. Je le voyais au fait qu'elle recevait tout mon temps. Je le voyais aussi au souci du docteur quand il lui parlait en lui prenant les mains. Et je le voyais à sa détresse. Il la laissait à peine transparaître. Il ravalait sa salive. « C'est un accident, disait-il. Ça n'aurait pas dû arriver. » Puis : « Il y a des coups durs. Il ne faut pas se faire d'illusion. Il va y avoir du progrès, mais d'abord, il y aura des échecs. » Les échecs finiraient par payer, ils étaient le prix logique du progrès. Il pouvait s'appuyer sur eux. C'était sa motivation profonde : elle aurait aussi dû être la mienne. Mais quand je répétais ces mots, les disais tout bas pour moi-même, dans cette chambre avec Marianne, ils me ramenaient tout droit vers le gouffre. Alors je me taisais.

Il n'a pas crié. N'a pas jeté d'objet à travers la pièce, comme d'autres médecins quand leur colère gonflait au point que seul un éclat de violence les en libérait. Le docteur observait le diktat du silence aussi scrupuleusement que nous. Mais je le voyais à ses bras croisés. Au hochement de tête qui escortait chacun de ses gestes. Il hochait la tête quand il éclairait ses pupilles. Il hochait la tête quand il lui parlait. Il hochait la tête quand il lui disait: «Je reviens dans trente minutes.»

Comme moi, il a passé la nuit à la clinique. Il a fermé la porte de son bureau et défendu qu'on le dérange, à moins que cela ne concerne sa précieuse patiente. Il avait peut-être le même don que les vieilles infirmières, qui se tenaient à la rampe, fermaient les yeux et dormaient pour quelques secondes. Ou peut-être qu'il appelait Ellerbach pour le préparer à la vue de sa fille.

Le père. Il n'avait pas attendu. Pourtant il l'avait promis. Je pouvais en témoigner. La main sur la joue de sa fille quand il lui avait dit au revoir: «Quand tu te réveilleras, je serai là.»

La chaise au chevet de Marianne. Nous avons attendu que le père vienne, la mère, un frère, et me demande de céder ma place auprès d'elle.

Nous avons attendu.

Juste avant qu'on ne l'emmène en salle d'opération, je lui avais dit: «Marianne, on fait cette intervention, et on finit notre partie.» C'était important de garder quelque chose pour l'après. Je le faisais pour chacun de mes patients.

Pendant l'intervention, nous avions joué à autre chose. Un jeu plus facile, qui ne risquait pas de l'affoler en dépassant ses capacités du moment. Le premier jeu que son frère lui avait appris, celui qui trouait ses costumes, faisait tomber les verres et restait aussi absent que le reste de la famille. Des fleurs, c'est tout ce qu'ils envoyaient. Des fleurs et des cartes lui souhaitant un prompt rétablissement. Elles envahissaient peu à peu la chambre.

Chaque matin, je relevais l'infirmière de nuit et passais tout mon service dans la chambre de Marianne. Nous étions seules la plupart du temps. Le docteur venait brièvement le matin, à midi et dans l'après-midi. Il auscultait Marianne. Il me souhaitait bon courage. Puis il partait et fermait la porte derrière lui.

Je me précipitais sur la moindre tâche. Quand j'avais besoin d'une autre infirmière et qu'elle restait plus longtemps dans la chambre que nécessaire, je lui en étais reconnaissante. Les heures durant lesquelles le corps de Marianne ne requérait rien – ni nourriture, ni soin – restaient une épreuve pour moi.

Je lui lisais les livres qu'elle avait apportés. Une histoire de fantômes et un livre sur les faucons. Je l'imaginais parfaitement : Marianne qui aime les frissons. Marianne qui adore les rapaces, s'obstine des heures pour en voir chasser. Cette Marianne-là n'avait plus rien en commun avec la femme de ce lit.

Entre les pages des livres, j'ai trouvé des photographies. Je les ai brandies sous ses yeux. L'une la montrait avec ses frères, quand ils étaient encore enfants. L'autre avec une femme, riant aux éclats, au point qu'on reconnaissait à peine leurs visages. Sa voisine de chambre ? Dans le silence de la pièce, j'osais quelques hypothèses.

Je lui mettais toute sorte d'objets entre les mains, même le jeu de cartes. Je guidais ses doigts pour qu'elle palpe la surface de ses affaires. La peau s'en souviendrait sûrement. La peau se souvient toujours.

Je terminais chaque service par une visite au bureau du docteur. Je lui rapportais les heures passées au chevet de

Marianne. Je répétais ce que j'avais dit à l'infirmière de nuit pour la transmission.

Il m'écoutait. Il prenait des notes. Mais lui-même n'était pas présent. « Vous pouvez disposer. » Voilà comment il me congédiait chaque soir, généralement sans lever les yeux de ses notes. Une fois seulement, il a posé son stylo au moment où je me levais. Il a croisé les mains. « Vous allez retrouver votre voisine de chambre ? »

J'ai soudain eu très chaud. « Ma voisine de chambre ?

— Oui. Vous partagez une chambre, n'est-ce pas ? »

J'ai acquiescé. Il ne m'avait encore jamais posé de question sur le foyer.

« Dites-lui de garder un œil sur vous. »

Il a baissé les yeux sur ses notes.

« C'est tout. »

J'ai tourné les talons et je suis sortie de son bureau. J'ai fermé la porte derrière moi. En descendant aux vestiaires, j'ai dû me tenir à la rampe. Pour un peu, mes pieds auraient été plus rapides que moi.

Marianne aurait dû être la clé, a dit l'une des vieilles infirmières.

La clé de quoi ?

De l'argent. L'argent d'autres familles riches qui voulaient guérir leurs cas. Et qui auraient permis de plus grandes recherches et une plus grande renommée.

« Non, ai-je dit, là n'est pas la question. »

Elle a hoché la tête. Elle a posé sa main sur mon épaule. Je détestais ça chez les vieilles infirmières. Leur expérience déguisée en savoir, leur condescendance envers les personnes comme moi, qui croyaient encore en quelque chose. Car c'est bien ce que j'étais : quelqu'un qui croit en quelque chose.

3

Je savais qu'elle était là. Elle s'efforçait de ne pas faire de bruit, mais un corps qui en connaît un autre sent sa présence, même dans le sommeil. J'ai ouvert les yeux. Dehors, le soleil déclinait. La lumière en ces jours de juin était inépuisable.

« Sarah. »

Elle m'a regardée. Elle a posé ce qu'elle venait de prendre entre les mains. « Bonjour, a-t-elle dit doucement. Je ne voulais pas te déranger. Tu étais partie très loin.

— Tu n'as pas le droit de me laisser dormir. » La colère est montée en moi. « Quand tu es là, tu n'as pas le droit de me laisser dormir. » Tu n'as pas le droit de me laisser manquer toutes ces heures avec toi.

« Qu'est-ce que tu as ? »

Je n'ai senti les larmes qu'au moment où elles ont coulé sur l'oreiller. Je me suis rapidement essuyé le visage.

Sarah est venue s'asseoir près de moi sur le lit. Elle m'a ignorée quand j'ai fait mine de la repousser. Elle connaissait mon corps aussi bien que moi le sien, elle voyait que j'avais besoin d'elle. Elle a enfoui ses doigts dans mes cheveux.

« Raconte-moi ce qui s'est passé. »

Il m'a fallu un moment. J'ai enfoncé mon visage dans l'oreiller. Et c'est sorti.

L'intervention. Le mot sans rapport. Le gouffre. La chambre qu'on me défendait de quitter. Les fleurs. Sarah a écouté. Elle a hoché la tête. Il y a eu des pauses où je croyais avoir tout dit.

« Tu passes toutes tes journées dans cette chambre ?

— Oui.

— Et avant, elle allait bien ?

— Non, bien sûr que non... » Encore une vague. J'ai essayé de décrire la rage de Marianne. L'explosion silencieuse dans son corps. La marée qui montait aussi sûrement qu'elle descendait. Je lui ai parlé des autres patientes, de l'espoir et de la paix quand elles ouvraient les yeux après l'intervention.

Sarah a attendu que tous les mots soient dehors.

« Tu te rappelles ce que je t'ai raconté ? a-t-elle demandé. Au sujet de mon amie ?

— Oui. »

Elle a encore hoché la tête. Sa main était toujours sur moi, mais quelque chose en elle a semblé soudain s'éloigner. J'ai senti poindre une irritation.

« Tu vois bien... » Elle a retiré sa main de mes cheveux et se l'est passée sur le front. « ...ce qui est arrivé à ta patiente n'est pas juste un accident. Il y a peut-être un problème de fond. Avec ce type de traitement. »

Et ça recommençait. Elle ne pouvait pas s'en empêcher. J'ai fermé les yeux. Une colère soudaine contre elle a pointé en moi.

« Je suis fatiguée, ai-je dit.

— D'accord. » Elle s'est écartée sans pour autant se lever. Je l'ai entendue chercher les bons mots, ouvrir plusieurs fois la bouche, secouer la tête, essayer à nouveau.

« Je ne connais pas ces interventions aussi bien que toi, a-t-elle dit enfin. C'est pourquoi je voudrais savoir si... et sois honnête avec toi-même, si ces personnes vont vraiment mieux après ? »

J'ai rouvert les yeux. « Oui », ai-je dit. Son regard ne transigeait pas. Ses sourcils se fronçaient. Sa bouche sur le point de répliquer. La douceur pouvait disparaître si vite de son visage.

« Chaque fois ? »

Je me suis assise dans le lit. Elle n'allait pas me laisser dormir. « Depuis quand est-ce qu'il y a un *chaque fois* dans notre métier ?

— Tu peux affirmer que tes patientes ont ensuite une meilleure qualité de vie ?

— Qu'est-ce que tu me demandes ? »

Quelque chose en elle s'est raidi. Son corps m'a soudain semblé très lourd, assis au bord de mon lit. Un poids qui m'enfonçait dans le matelas.

« J'ai l'impression que ces interventions font des dégâts. Je ne suis pas la seule. J'ai lu que c'est un moyen de neutraliser les gens. Les femmes surtout. De leur prendre quelque chose de… leur *je*.

— Non, ai-je dit, ce n'est pas vrai. Peut-être qu'avant c'était le cas. À l'asile psychiatrique, il y a… des années de ça. Ça n'a strictement rien à voir avec ce qu'on fait. Nous ne voulons neutraliser personne. Et d'ailleurs qu'est-ce que ça veut dire, prendre quelque chose du *je* ? Où vas-tu lire ces foutaises ? »

Elle s'est levée et dirigée vers la fenêtre. Elle s'est appuyée des deux mains contre le cadre, a baissé la tête entre les bras et a pris quelques profondes inspirations. Ses omoplates. Je les connaissais si bien. Elles saillaient de son dos.

« Je ne crois pas ce qu'on me dit juste parce que ça vient d'un supérieur. »

Ma colère contre elle a enflé. Colère contre son refus de comprendre ce que nous accomplissions à la clinique. Colère contre toutes les fois où j'avais voulu lui en parler et m'étais fait rembarrer.

« C'est vrai, tu ne sais rien de notre intervention. Comment pourrais-tu ? On ne peut pas en parler avec toi. Est-ce que tu sais au moins comment allaient ces personnes avant ? Elles étaient à… l'asile. En prison. Se mettaient dans des situations impossibles, comme les femmes de ton service. Étaient dépendantes, comme ton amie. Elle aussi, on aurait pu l'aider. »

Elle a frappé contre le cadre de la fenêtre. Fort. Je me suis tue sur-le-champ.

« L'aider ? » Elle s'est tournée vers moi. Sa mâchoire tremblait. « Elle est morte d'avoir été aidée ! »

J'ai posé les pieds sur le sol froid. Allait-elle lancer une chaussure ? Ou même me gifler ? Mais elle m'a tourné le dos et a fait face à la fenêtre. Elle se dérobait à moi. Elle savait parfaitement le faire.

« Tu ne t'en rends pas compte ? ai-je dit. Tu ne vois qu'elle. Je te parle de mon travail, de ma patiente, et tu la vois elle. Peu importe ce que la médecine fait de bien. Tu ne vois qu'elle.

— Et toi tu ne vois qu'un… espoir. » Sa voix s'est radoucie. L'espoir, mon espoir, celui qu'elle discernait en moi, semblait l'apaiser. Elle a posé la main sur la vitre en reprenant : « Tu ne vois pas que ça nous concerne ? Comme si ce que nous partageons, toutes les deux, toi et moi… comme si ça n'avait rien à voir.

— Ça n'a rien à voir. C'est ta douleur qui te le fait croire. » Sa douleur contaminait tout. Elle était dans ses yeux, ses mots, cette chambre. J'ai ressenti une grande lassitude : « Ce n'est pas ma douleur.

— Bien sûr que si, a-t-elle dit en tapotant la vitre. C'est notre douleur à toutes. »

Lève-toi, ai-je pensé, *lève-toi et pars. Reviens quand elle sera prête à parler d'autre chose.* C'était la seule chose à faire. J'ai enfilé mes pantoufles.

« Ainsi on soigne des troubles psychiques. Je l'ai bien compris. » Elle a hoché la tête pour elle-même. « Il se pourrait donc tout à fait qu'on le fasse un jour avec moi.

— Sarah s'il te plaît. » Une fatigue froide m'a serré la nuque. J'avais besoin d'air frais.

« N'est-ce pas ce qu'ils diraient de nous ? Que c'est un trouble psychique ?

— Ils ne disent rien de nous. » Je revoyais le docteur devant moi. Ses mains croisées. Sa question sur ma voisine de chambre. La chaleur sous ma peau. Il ne se doutait de rien.

« On te sert du café, dans son bureau ? » Elle a levé les yeux vers moi. « Il te dit que tu es spéciale, ton docteur ? C'est ce que tu voudrais être, non ? spéciale ? »

Elle a secoué la tête. « Mais tu n'es pas différente de nous, tu sais ? Tu joues à son jeu. Selon ses règles. » Elle s'est tournée vers moi et a posé la main sur sa poitrine. « Tu es exactement comme moi. » J'ai cru un instant qu'elle allait pleurer. « Réfléchis. Écarte ton espoir, et regarde ce qui reste. »

Lève-toi et pars. Il fallait que je sorte, ou ça ne s'arrêterait pas. Je me suis levée pour aller vers la porte, mais Sarah a été plus rapide. Elle s'est avancée d'un bond et m'a serré le bras. J'ai senti ma peau qui criait. Elle se rappelait l'entente muette entre nos corps, elle ne voulait pas partir.

« Mon amie était peut-être dépendante, mais c'est la seule chose qui nous sépare d'elle. La seule. »

J'ai soutenu son regard : « Tu peux garder ta douleur. Je n'en veux pas.

— Tu peux être si bête, Meret. »

J'ai dégagé mon bras de sa main. « Il faut que j'y aille. » Je n'ai pas dit : je sais que je peux être bête. Si bête que je me frapperais moi-même, si je pouvais.

« Je t'en prie. Je ne te retiens pas. » Elle a fait un pas de côté pour me laisser passer. Toute la tension a semblé tomber d'elle. Son corps s'est affaissé. Comme après une bataille, il s'est affaissé et s'est abandonné à la fatigue. Et je suis partie, alors que j'aurais voulu rester et la prendre dans mes bras. Je suis partie alors que ma peau criait, criait encore tandis que je fermais la porte, criait tandis que je sortais à l'air libre.

4

« Allô ? » ai-je dit dans le combiné. Ça a crépité au bout de la ligne. « Allô ! » ai-je répété plus fort.

« C'est moi, ai-je perçu à travers les crépitements.

— Bibi. »

C'était la seule à s'annoncer comme ça. Elle le faisait avec tout le monde. Combien de fois avions-nous essayé de l'en dissuader, grommelé « Bonjour, c'est Bibiana », « Bibiana à l'appareil, si tu préfères », « Dis au moins : ici Bibi » – en vain.

J'ai agrippé le combiné.

« Meret. Tu as reçu ma dernière carte ?

— D'Amérique ?

— Oui. Génial, non ?

— Tu es en Amérique ?

— Tu es folle, comment aurais-je fait ? J'aurais dû réserver une place au bastingage – et dans l'avion… »

Dans l'avion, tu aurais été morte de peur. Mais je l'oubliais à chaque fois. Dans ma tête, Bibi était indestructible ; ce n'était pas quelqu'un d'angoissé par un vol en avion, ni à qui la houle retournait le ventre.

« Comment tu vas ? a-t-elle repris.

— Bien.

— Même depuis l'Amérique, j'aurais entendu que tu ne vas pas bien.

— N'importe quoi.

— Si tu le dis.

— Dis-moi plutôt comment tu vas toi.

— Moi je vais bien. Je vais ouvrir un café. Avec des amis.

— Des amis ? »

Elle a soupiré. De nouveaux crépitements sur la ligne. « Bibi ! » me suis-je écriée, submergée par la peur que l'appel soit coupé. Elle n'a pas semblé entendre mon cri.

« C'est… une ruine. Ou plutôt c'était une ruine. On a fait le gros du travail. On a même déjà une licence. Alors qu'il n'y a pas encore un robinet. Ni même un raccordement d'eau.

— Où est-ce que tu habites ?

— Comment ça, où est-ce que j'habite ? Dans la rue bien sûr, quelle question.

— Je suis sérieuse.

— J'habite dans une maison, comme la plupart des gens. Qu'est-ce qui te prend ?

— Je n'ai plus entendu ta voix depuis des mois. Je pensais que tu n'appellerais peut-être plus. »

Silence à l'autre bout du fil. « Oui, a-t-elle dit piteusement, je regrette. »

Quand son silence me perturbait, je me disais qu'elle avait honte. Elle avait honte, voilà pourquoi elle n'appelait pas. Je la voyais décrocher le combiné, sans réussir à composer l'un de nos numéros. Elle ne savait pas par où commencer. Où commencer pour arranger les choses.

« Tu as besoin d'argent ?

— Je gagne de l'argent.

— Avec quoi ? »

Elle a soufflé bruyamment. À mon tour de me taire. En réalité, je savais que ce n'était pas sa honte qu'elle craignait en appelant.

« Parle-moi de votre café.

— Il est à l'angle d'une rue. C'est un ancien… ou plutôt, on dirait qu'on y vendait des installations sanitaires, car la première fois qu'on a visité le local, il y avait deux baignoires et cinq cuvettes de toilettes, tu imagines, et la poussière, la poussière blanche sur des mètres et des mètres, je n'exagère pas, et les débris et... On ne sait jamais ce que les lieux cachent comme histoire, n'est-ce pas? Ça ne te donne pas des frissons de penser à ce qui a pu se passer dans la clinique autrefois?

— Oui, peut-être... et ensuite?» Reste, ai-je pensé, respire, si tu ne veux pas parler. Tu peux juste respirer dans le combiné. J'ai ravalé ma demande muette.

«Demain, on commence à construire le comptoir. C'est moi qui l'ai dessiné.

— Super, Bibi. Ce sera le meilleur comptoir de la ville.» Je sais que tu as l'œil. Que tu es précise. Je suis ta sœur, je te connais.

«Il faut que j'y aille.

— Non. Ne pars pas.

— Je te rappelle bientôt. Mais tu dois me promettre que tu me diras vraiment comment tu vas.

— Le téléphone est dans le couloir.»

Elle a éclaté de rire. «Et alors? Tu es un être humain comme les autres! Les filles de ta maison ne peuvent pas le savoir? Au fond, où est-ce que toi tu habites?

— Bibi.

— Oui?

— Tu me manques.

— Je vais te donner un numéro. La prochaine fois que je t'appelle. Un numéro où tu pourras m'atteindre.

— Ce serait...

— Mais tu n'as le droit de le donner à personne d'autre. Pas comme la dernière fois. Tu dois me jurer que tu le garderas pour toi.

— Juré.»

Est-ce qu'elle s'agrippait au combiné comme moi? Ou est-ce que ma voix avait moins de valeur parce que je n'allais nulle part, parce que mon numéro ne changeait pas?

« Prends soin de toi.

— Toi aussi. »

Je suis restée plantée là, le bip dans l'oreille. Il m'a fallu un moment pour réussir à raccrocher. J'ai observé mes mains. Je me suis brièvement demandé à quoi elles servaient.

Douze jours que j'attendais, mais les yeux de Marianne étaient restés vides. On avait fini par la transférer la veille.

Je n'ai eu que quelques minutes pour lui dire au revoir. J'ai fait sa valise et l'ai confiée aux deux soignants qui l'emmenaient.

Puis j'ai fait le lit pour la patiente suivante. J'ai récuré le sol. J'ai réparti les bouquets dans les chambres où il n'y avait pas de fleurs. Nul besoin de me dépêcher, avaient dit les vieilles infirmières. J'ai tout de même terminé dans le temps dicté par mon horloge intégrée. Elle n'avait pas cessé de fonctionner.

La chambre de Sarah et moi était tout aussi vide. Elle m'avait écrit un mot disant qu'elle irait désormais plus souvent chez sa mère, et qu'elle ne savait pas quand nous nous reverrions. Elle ne m'avait rien laissé d'autre. Ni livre, ni fleur fraîchement cueillie, ni désordre. Même ses cheveux étaient introuvables depuis quelques jours.

J'ouvrais les yeux le matin, et pendant un instant, moins d'une seconde, elle était encore auprès de moi. Je respirais son odeur et sentais sa chaleur remplir toute la pièce. Puis venait la certitude : elle me détestait. Toute chaleur avait disparu de ses yeux quand elle m'avait dit : « Tu peux être si bête ! »

Cette certitude tombait comme une pierre. Je me levais et j'allais aux toilettes, je me soulageais, je lavais mon visage, je buvais mon café, je mangeais ma bouillie d'avoine, j'enfourchais mon vélo, je partais, c'était automatique, mon corps faisait, je n'avais pas à penser.

5

Peu de temps après le transfert de Marianne, j'ai vu les Ellerbach en première page du journal. Une des vieilles infirmières le lisait au petit-déjeuner. Je lui ai demandé de me mettre l'article de côté.

Deux nouvelles patientes étaient arrivées, deux interventions avaient été pratiquées, qui s'étaient déroulées sans complication. Je pensais toujours autant à Marianne. Le docteur avait dit qu'on avait choisi un bel endroit pour elle, et je le croyais, je croyais aisément que dans cet hospice il y avait les meilleurs lits et les meilleurs oreillers, une vue, et qu'il y aurait du temps, plus qu'on n'en accordait aux autres cas désespérés. Pourtant, des images me restaient en tête : la valise, les cartes, la chaise pour les visites. Tout était intact. Ces images m'assaillaient dans les rares moments où je regagnais un peu d'assurance.

Le docteur et moi parlions beaucoup. Il me convoquait dans son bureau, où nous passions en revue l'intervention de Marianne. Il ne le faisait pas pour lui. Il tenait à ce que je reprenne confiance.

Lors de l'un de ces entretiens, il m'a parlé de Bibi. « Savez-vous où est votre sœur en ce moment ? » Quelque chose en moi s'est crispé. Les quelques mots que Bibi et moi avions échangés au téléphone, la carte postale qui m'était parvenue un peu plus tard avec un numéro au verso – tout ça m'était exclusivement adressé, c'est comme ça qu'elle l'avait présenté. Alors j'ai dit: « Il y a longtemps que je n'ai pas eu de nouvelles.

— Et maintenant vous craignez qu'il lui soit arrivé quelque chose. » Il l'a dit avec une telle conviction que j'ai ri. Il m'a regardée d'un air agacé. « Excusez-moi, ai-je bredouillé, c'est juste que… »

C'est juste que tout le monde, y compris moi, a toujours cru que le pire arriverait à Bibi, que Bibi serait punie par la vie, car comment pourrait-il en être autrement, que pouvait-on s'attirer d'autre avec un tel comportement ?

Du bonheur, a dit quelque chose dans ma tête, et j'ai à nouveau ri, parce que c'était absurde, encore plus absurde que le docteur qui présumait le pire.

La voix de Bibi a résonné dans ma tête, sa voix joyeuse qui parlait du café qu'elle allait ouvrir avec ses amis. Et j'ai senti le poids du combiné dans ma main, auquel je m'étais agrippée comme si ma vie en dépendait.

« Et si ce n'était pas vrai ? ai-je demandé au docteur.

— Si quoi n'était pas vrai ?

— Qu'on est puni pour certaines choses.

— Qu'est-ce qui vous fait dire ça ?

— Ma sœur, elle… » Non, ai-je soudain pensé. Bibi n'a rien à faire là. Il y avait une place à l'intérieur de moi, et cette place lui était réservée. Pourquoi y avais-je laissé entrer le docteur ? En pensée, j'ai rayé ma sœur de cette conversation. Je l'ai rayée de toutes les conversations où je l'avais mentionnée dans ce bureau. « Parlons d'autre chose.

— Vous pensez que Bibiana devrait être punie ? » Quand il a prononcé son nom, le sol a tangué sous mes pieds. Il l'avait retenu dès la première fois, et plus jamais oublié.

« Bien sûr que non. Vous m'avez mal comprise. »

Le docteur s'est adossé contre sa chaise. « Je ne crois pas aux punitions. » Je l'ai envié ; évidemment qu'il n'y croyait pas. Il avait ses certitudes, il s'appuyait sur elles, et quand elles se brisaient, il s'en formait de nouvelles. « Mais ne soyons pas dupes, certaines choses entraînent une punition. On punit des gens pour leur apparence, leurs maladies, et cela n'a rien à voir avec le fait d'être coupable. Vous et moi, nous avons le pouvoir d'éviter aux gens d'être punis. » Il s'est raclé la gorge. « Dit comme ça, c'est un peu grandiloquent, je sais. De nombreux éléments parlent en faveur de l'intervention, et pour moi c'est l'un d'entre eux.

— Éviter aux gens d'être punis ?

— Que croyez-vous qu'il arriverait si nous nous retrouvions au même point qu'autrefois ? Admettons qu'on n'atteigne qu'un dixième de la gravité d'alors. Ça suffirait. Celles-ci peuvent vivre, dirait-on. Ceux-là non. Vous et moi, nous savons tous les deux parfaitement qu'une régression peut survenir à tout moment. Les choses sont… fragiles. La vie me l'a appris. »

Je n'ai rien dit. J'ai acquiescé de la tête pour que la conversation se tarisse. Il était fatigué, ses yeux glissaient sans cesse vers son téléphone. Un appel important l'attendait, sa cadette probablement, qui l'aimait encore inconditionnellement. Ce n'était pas comme d'autres fois, quand il parlait sans discontinuer, s'accrochait à ses mots parce qu'ils donnaient du sens.

« C'est une bonne chose que vous doutiez.

— Que je doute ?

— Et posiez des questions. C'est pour ça que je vous ai choisie. Il faut un certain regard, je crois, savoir ce que c'est de porter quelque chose en soi qui n'y a pas sa place. »

Il s'est passé la main sur le front. « Ma cadette va appeler à tout moment. Vous pouvez disposer. Nous reprendrons cette conversation plus tard. »

Ce soir-là, je me suis assise sur mon lit et j'ai lu l'article du journal. Il était question d'un nouveau bureau ouvert par les Ellerbach. L'aîné le dirigerait. On avait imprimé une photo qui le montrait seul ; un homme fier. Juste après, une photo de famille que j'avais déjà souvent vue dans le journal.

Marianne manquait. Elle n'était pas là où elle aurait dû se tenir, à côté de son frère. J'ai examiné attentivement l'image. J'ai observé l'arrière-plan, à l'affût d'irrégularités. J'ai passé mon ongle le long des épaules du frère, là où aurait dû s'appuyer l'épaule de Marianne. Où était la preuve qu'on l'avait coupée de l'image ?

L'absence était presque parfaite. Il manquait un infime morceau de fenêtre, initialement recouvert par sa tête. « Aha ! » me suis-je exclamée à cette découverte.

Une vague de soulagement m'a réchauffée de l'intérieur. Puis j'ai froissé le journal. J'ai enfoncé mes dents dans le papier.

6

Je l'attendais. C'était mon jour de libre, j'étais couchée sur mon lit, et je l'attendais. Mon cœur s'emballait chaque fois que des pas s'approchaient de la porte ; pourtant je l'aurais reconnue, parmi tous ces pas qui allaient et venaient dans le couloir, je l'aurais entendue elle.

L'attente était vaine. Elle devait savoir que j'étais là. Elle m'évitait.

C'était comme au début : je m'accrochais aux choses qu'elle laissait derrière elle. Je lissais la couverture de son lit. J'ouvrais la porte de l'armoire et regardais ses habits. J'ouvrais ses livres aux pages écornées et lisais ce qu'elle avait lu en dernier.

Je faisais aussi d'autres choses que je n'aurais pas osées les premières semaines. Je me glissais dans son lit et rabattais sa couverture sur moi. Je fermais les yeux et l'imaginais poser sa main sur ma joue, jouer avec ses doigts dans mon cou, m'embrasser. Ses caresses étaient encore partout. Le sentiment de n'être qu'un corps qui veut saisir et sentir, elle me l'avait laissé.

Je sortais ses robes de l'armoire et y plongeais mon nez. Je humais sa transpiration. Je n'en avais jamais assez.

J'aurais voulu qu'elle revienne, que son désordre revienne. J'aurais tout donné pour ça.

Je voulais rétablir la vérité. L'intervention n'avait rien à voir avec son amie. *Je* n'avais rien à voir avec ce qui lui était arrivé. Son histoire l'avait à moitié aveuglée. Elle devait forcément pouvoir le comprendre.

Je me souvenais aussi du temps avant elle. Du passage assuré des semaines et des mois. De ma force. Moi, celle que j'étais avant que Sarah n'entre dans cette chambre. Avant qu'elle ne mette ma vie sens dessus dessous.

Il vaut mieux qu'elle s'en aille, ai-je pensé. Que son odeur disparaisse de cette chambre. Qu'elle emporte ses états d'âme ailleurs.

J'avais mon travail. J'avais les journées, sous leur forme coutumière. J'irais bientôt voir ma famille, être une fille, une sœur, je savais si bien le faire. J'avais les valises. La boîte bleue. Le mini-accordéon. Le feuillettoscope. Le livre pour enfants de Bibi. Les cartes. Supporter les morsures. Et si plus rien ne fonctionnait, compter, simplement compter, à travers les morsures, les doutes, la confusion, jusqu'à ce que ça passe. Ça finissait toujours par passer.

7

Tôt le matin, le téléphone a sonné dans le foyer. Si je pouvais venir, a demandé la voix à l'autre bout du fil. Une infirmière de mon service avait été terrassée par la grippe.

C'était un temps mort dans la maison. Tout le monde dormait ou était au travail. Ni la bouillie d'avoine, ni le café n'étaient prêts. J'ai mis un peu de poudre dans une tasse, j'ai versé de l'eau chaude, j'ai bu et j'ai failli m'étrangler avec les grumeaux. J'ai pris une pomme entre les dents et je me suis élancée sur mon vélo.

Je l'ai aperçue à quelques centaines de mètres de la clinique. Elle avait trébuché. Un gros sac gisait par terre devant elle.

« Je peux vous aider ? » J'ai posé le pied à terre.

« Non. » Elle a refusé de la main, sans même un regard pour moi. « Je n'ai pas besoin d'aide.

— Sûre ? »

La femme a levé les yeux. Dans la pénombre, il était presque impossible de lire son visage. Pourtant, j'ai reconnu quelque chose de familier. Je me suis mise à fouiller ma mémoire.

« Oui, sûre. » Elle s'est redressée. Elle a épousseté ses vêtements. Ce n'était pas une infirmière.

« Où allez-vous de si bonne heure ? »

Elle sentait. Pas le négligé, pas la peau encrassée. Mais elle sentait.

«Je connais votre voix», a-t-elle dit. Elle a soulevé le sac et l'a chargé sur son épaule. «Vous étiez près de moi quand ils m'ont arrangé ça.» Elle a tapoté son front.

Un passeport. L'image me revenait.

«Tu t'appelles Vera.

— Oui.» Elle a souri. Un sourire fugace qui a vaincu l'obscurité avant de disparaître aussitôt.

Je suis descendue de mon vélo. Une minute, ai-je pensé. La clinique peut bien m'attendre une minute.

«Je peux t'accompagner un bout?

— Ce n'est pas nécessaire, merci.» Elle m'a tourné le dos.

«Ça me ferait plaisir.»

Elle s'est figée. Elle a semblé perdre l'équilibre. J'aurais voulu me précipiter, l'aider, mais quelque chose me retenait. «Bon, d'accord.» Elle a repris son chemin, à nouveau solide sur ses jambes.

«Je m'appelle Meret. Tu t'en souviens?

— Non.»

Je marchais à côté d'elle. «On a lu un livre ensemble, a-t-elle dit, ça je m'en souviens.» Elle disparaissait presque sous son gros sac.

«Ce n'est pas trop lourd pour toi?

— Non.»

Elle sentait le savon. Pas le savon avec lequel nous nous lavions. Le savon pour les vomissures, le pus et le sang.

«Tu travailles à la blanchisserie?

— Oui.» Elle a tapé dans le sac de lessive. «Il est tombé du camion. Des draps frais. Ou des uniformes. Comme le tien.»

Elle marchait à une cadence régulière, indifférente au poids sur ses épaules.

«Ce travail te plaît?

— Comment ça ?

— Si ça te plaît. À la blanchisserie. » La question a résonné dans ma tête.

« J'ai un endroit où dormir. » Elle a accéléré l'allure ; elle avait désormais un demi-pas d'avance sur moi. « Et de quoi manger.

— Tu reçois un salaire ?

— Oui, je viens de le dire : un endroit où dormir et de quoi manger. »

Elle avait été criminelle. Le docteur me l'avait raconté. Elle volait, arnaquait, devenait agressive quand on la prenait sur le fait. C'était plus fort qu'elle. Une pulsion qui s'emparait d'elle. Mais le docteur allait endormir cette pulsion. Lui pour qui personne n'était trop pauvre, trop miséreux pour bénéficier d'un traitement. Il y mettait un point d'honneur.

« Tu es sûre que tu n'as pas besoin d'aide ? » J'aurais voulu lui poser la main sur l'épaule, mais elle m'échappait. Son corps semblait s'écarter malgré elle.

« Sûre. » Elle ne m'a pas jeté un regard. Un tressaillement est passé sur son visage quand j'ai une nouvelle fois tenté de lui emboîter le pas. « S'il te plaît, a-t-elle ajouté.

— Alors je vais au travail.

— Oui.

— C'était chouette de te revoir.

— Oui. À bientôt. »

Oui, entendais-je toujours en enfourchant mon vélo. Un écho qui m'a poursuivie jusque dans la clinique, dans les vestiaires, dans mon service.

8

Les bus pour la campagne partaient derrière la gare. J'ai rapidement trouvé le bon numéro. Je n'ai eu qu'à regarder les personnes bien habillées qui attendaient sur l'îlot en béton, les bras chargés de fleurs, fumant une dernière cigarette avant le départ. Elles révélaient immanquablement leur destination.

Je suis montée, j'ai payé et j'ai avancé jusqu'au fond. Je me suis assise à la fenêtre. Sur la place vide à côté de moi, j'ai posé le bouquet que le vendeur m'avait composé sans un mot. *Je ne vais pas dans ma famille,* avais-je été sur le point de dire. Mais un coup d'œil à mon visage lui avait suffi.

Le bus a longé les voies sur quelques kilomètres avant de bifurquer en périphérie. Le début du trajet ne comportait aucun arrêt. Ce n'est qu'aux abords de la campagne qu'il y a eu une première halte pour faire monter un vieil homme. Il portait un bouquet, comme nous, qui nous rendions tous à l'hospice. Il a balayé le bus du regard. Espoir, ai-je pensé. Il en était plein. C'était sûrement l'un de ces proches qui exhibent des images et racontent des anecdotes du passé. Il tenait à prouver que la personne qu'il venait voir avait un jour été en bonne santé.

La plupart de ceux que je soignais avaient cette conviction : *il fut un temps où j'étais entier.* Quand ils ne la formulaient pas eux-mêmes, leurs proches s'en chargeaient. Le passé était un état, un lieu épargné qui n'aurait pas supporté le passage à la réalité. Et pourtant, tout le monde voulait le faire revenir.

Il fut un temps où j'avais deux jambes. Il fut un temps où j'avais un cœur qui battait. Il fut un temps où je pouvais voir. Il fut un temps où je prenais ma douche seule ; je penchais la tête en arrière et laissais l'eau m'éclabousser le visage, jusqu'à ce que j'en aie marre. Je sortais, je séchais mes cheveux, je choisissais des vêtements, je les enfilais. Je me faisais un café. Je fermais la porte à clé. Je descendais l'escalier. Je sortais dans la rue. Je prenais le bus.

Ça n'a pas toujours été comme maintenant.

Il y avait donc forcément un moyen de faire machine arrière. Quand on a été en bonne santé, on ne peut pas simplement nous mettre face à l'absence d'espoir. Les gens s'accrochaient à ça.

J'ai posé la main sur mon ventre. La route commençait à me malmener. C'était inhabituel. D'ordinaire, les transports ne me posaient aucun problème.

J'ai fermé les yeux. J'ai résisté à l'envie de descendre et me suis mise à compter dans ma tête.

Il ne ressemblait pas à ses frères et sœur. Ce n'était pas une question de taille ou de corpulence. En outre, il parlait comme elle. Une langue dont on est fait, comme le bois dont est fait un banc.

« Je suis content que tu sois là. » Il m'a tendu la main. « Comment as-tu su ? »

Ce corps n'était pas le sien. Pas vraiment. Ce corps était trop grand et trop fier pour lui. Sur les photos du journal, il était difficile de s'en rendre compte. Mais tel qu'il se tenait devant moi, j'ai tout de suite vu que sa propre peau n'était pas un refuge. Les mouvements appris étaient irréprochables, mais ne lui appartenaient pas.

« Comment je l'ai su ? » Je lui ai serré la main. Par-dessus son épaule, j'ai aperçu la photo de Marianne et de son ancienne voisine de chambre. Elle était glissée dans un cadre posé sur la table contre le mur. M'aurait-il pris pour elle ?

« En ce moment, ma famille fait tout son possible pour que ma sœur disparaisse de la surface de la Terre. » Il a fait un pas de côté. « Viens, assieds-toi. Puis-je te prendre les fleurs ? Je vais les mettre avec les autres. » Il a doucement secoué Marianne par l'épaule.

« Regarde, tu as de la visite. »

Son état n'avait pas évolué. Elle avait les yeux mi-clos. Son regard se perdait dans le vide à côté de moi. J'ai tout de même cru y voir passer de la surprise. Peut-être ma propre surprise d'être là.

« Bonjour. » Je devrais la toucher, ai-je pensé. Ça l'aiderait à comprendre que je suis vraiment là. Mais ma main s'est arrêtée à mi-parcours. La force m'a quittée avant même que j'effleure Marianne.

« C'est beau, ici. »

Le docteur n'avait pas menti. Ce lieu était très loin du désespoir typique des établissements de ce genre. Mais ça avait été plus simple les semaines précédentes. De me dire que j'allais rendre visite à Marianne plutôt que de mettre les pieds dans ce bâtiment. Je lui devais une visite ; ça s'était mué en conviction. Et moi, qu'est-ce que ça m'apporte, semblait-elle demander dans son immobilité.

J'ai détourné les yeux. J'ai regardé la table avec les fleurs.

« C'est normal d'être sous le choc. Combien de temps ça fait que vous ne vous êtes pas vues ? Depuis l'internat ? Et la voilà allongée dans ce lit... » Il a mis mon bouquet dans l'un des vases vides. « Moi aussi j'étais sous le choc. Mais on s'habitue.

— Ça ne m'effraie pas. Je suis infirmière.

— Vraiment ? » Il m'a dévisagée. Quelque chose s'est dressé entre nous. Son sourire l'a dissipé.

« Oui.

— Comment ça se fait ? » Il était sincèrement curieux. Il ne pouvait pas imaginer qu'on puisse choisir librement ce métier.

« Je voulais avoir ma propre vie. Et une tâche. »

Il a hoché la tête. Il s'est rappelé la raison de ma venue. « Qu'est-ce que tu sais ?

— Tout ce qu'il y a à savoir. Je crois. » J'ai regardé Marianne.

« Ils disent qu'il y a peu d'espoir. Ils disent qu'elle est partie. Que seul son corps continue de fonctionner parce qu'il essaie de se maintenir en vie. Mais c'est faux. Elle sait très bien que je suis là. Elle sait aussi que tu es là. Toi aussi tu le vois, n'est-ce pas ?

— Oui. » L'espoir est dangereux. Je l'avais déjà vu confiner à la détresse. Pourtant, on ne pouvait pas s'en passer. Du moins dans mon service. La médecine reposait entièrement sur l'espoir. Il fallait toujours l'entretenir, même en l'absence totale de perspective.

« Vous pourrez sûrement bientôt vous installer à l'extérieur, a poursuivi le frère. Vous le faisiez souvent, à l'internat ? Vous glisser dehors pour observer des gens.

— Oui. »

Il s'était déjà construit cette image. Je ne voulais pas la lui reprendre. Je ne voulais pas être comme le docteur, qui m'avait jeté un regard de pitié quand j'avais voulu me renseigner au sujet de Vera.

Rendre aux gens un avenir, un avenir digne de ce nom ; voilà le motif de l'intervention. Est-ce que cet avenir était de trimer dans une blanchisserie, avais-je voulu savoir. « Nous restituons à ces gens leur capacité de travail. Nous leur donnons une place dans la société. C'est déjà bien plus que ce qui leur était possible avant. » Il s'était légèrement avancé sur sa chaise. « Pourquoi cette question ? Ce n'est pas ce que vous imaginiez ? »

Le docteur avait brièvement attendu une réponse, puis il avait enchaîné.

«Après tout, qu'y a-t-il à redire à la blanchisserie? Vous savez pourtant que les autres ne réussissent jamais ce pas-là. Je ne vous comprends pas.»

Il s'était adossé contre sa chaise. Il avait croisé les bras derrière la tête. C'était la première fois qu'il le faisait devant moi. Pendant un instant, il avait ressemblé à tous les autres médecins. Comme si mon regard avait reflété ce constat, il avait immédiatement décroisé les bras et les avait posés sur la table. Il m'avait regardée attendre, attendre en silence, jusqu'à se souvenir de ce qu'il fallait dire: «Vous pouvez disposer.»

Le frère s'est rapproché du lit. Il a remis une mèche derrière l'oreille de sa sœur. Il l'observait. Il s'était probablement aperçu que son fantasme ne correspondait pas à la réalité. Ses lèvres se sont pincées.

«Parfois, quand je suis ici, je me mets en colère.» Il a serré le poing. «Je me mets dans une colère telle que je donne des coups de pied au mur. Ou que je brise des tasses.

— Je comprends.

— Vraiment?»

Moi aussi j'avais cassé une tasse. Le jour avant qu'on transfère Marianne.

J'étais assise auprès d'elle, comme les jours précédents. Je m'accrochais au fait que ce n'était pas une tâche inhabituelle. Nous, les infirmières, nous savions veiller les mourants. On nous apprenait à le faire. On nous apprenait que notre présence était parfois tout ce que nous avions à donner. Et combien elle était importante. Nous apprenions à reconnaître la seconde où l'air changeait. Il suffisait parfois que l'on tourne le dos, juste un instant, pour qu'ils saisissent l'instant pour partir.

Avec Marianne, c'était différent. Évidemment, puisqu'elle n'était pas mourante. Elle était toujours dans son lit, telle que je l'avais laissée en partant. Ma présence n'apportait rien, j'aurais tout aussi bien pu être un chapeau dans cette pièce.

La colère a été brève. Je ne l'ai pas sentie venir. Elle a éclaté alors que j'allais prendre un des livres de Marianne pour lui faire la lecture. Au lieu de ça, j'ai saisi ma tasse et l'ai lancée contre le mur. Les éclats de porcelaine ont tinté.

J'ai vu les débris sur le sol. J'ai regardé Marianne, qui avait tressailli mais était à nouveau tranquillement allongée. J'ai regardé la main qui avait lancé. J'aurais voulu briser d'autres tasses, des vitres, donner des coups de pied dans le lit, la porte, crier sur Marianne. *Pourquoi tu me fais ça ?*

L'étonnement a dissous ma colère. J'ai laissé retomber ma main. J'étais essoufflée. Honteuse.

«Je t'ai apporté un livre.» J'étais désormais seule avec elle. Le frère l'avait embrassée et s'en était allé.

« Regarde, Marianne. »

Je lui ai montré le livre de Bibi. «Je sais que ce n'est pas ton genre de lecture… mais voilà, je crois que ce livre est un peu comme une porte… »

Je me suis tue. J'avais osé le penser en moi-même. Mais mes joues s'empourpraient des naïvetés que je débitais tout haut.

9

Quand Bibi était encore toute petite, elle ne déambulait que jusqu'à la cuisine ou aux toilettes. Avec les années, elle s'est mise à errer pieds nus dans la cage d'escalier, voire parfois dans la rue.

Où allait-elle ? Je n'ai jamais eu l'impression que c'était vers un lieu paisible. Elle tâtonnait sans arrêt sur les meubles et les objets autour d'elle, cherchant à quoi se tenir.

« Reviens, Bibi. »

C'est notre mère qui a eu l'idée du livre. Je l'ai vue une nuit dans les escaliers. Je m'étais réveillée, avais vu le lit vide de Bibi, et je m'étais levée. Par la porte de l'appartement entrouverte, j'ai distingué deux silhouettes dans l'obscurité, une petite, au bas de l'escalier, et une plus grande, quelques marches plus haut.

Ma mère racontait les montagnes et les tempêtes que traversait la renarde avec sa montgolfière.

« Reviens. »

Elle a tendu la main vers sa fille. Bibi n'a d'abord pas réagi. Elle a essayé d'ouvrir la fenêtre dans la cage d'escalier, mais ses doigts somnambules ont buté contre la poignée. Notre mère a continué à lire. Elle lisait de sa voix chaude et profonde, qui résonnait jusque dans notre cage thoracique.

J'ai senti qu'elle ouvrait une porte. Que Bibi, où qu'elle fût, lentement, avec réticence, se tournait et se dirigeait vers cette porte. Je les ai observées toutes les deux sans oser reprendre mon souffle. Même quand Bibi a pris la main de notre mère et s'est laissée soulever dans ses bras. Être dans ces bras était précieux. On avait rarement le droit de venir aussi proche – au point d'entendre son cœur battre.

« Te voilà. Te voilà enfin. »

Quand les perspectives sont maigres, les gens sont prêts à tout. Ils abandonnent la raison et l'entendement. Ils se fient à des charlatans, se laissent guider par les étoiles, se mettent à prier et changent de dieu s'il ne les aide pas.

Tôt ou tard, ils renoncent. Mais tant qu'ils tiennent des livres entre les mains, tant qu'ils racontent des histoires, certains qu'elles ramènent les gens à la vie, il faut les laisser faire.

Nous préparions une nouvelle patiente pour l'intervention. Elle venait d'un asile. Elle y avait passé les six dernières années de sa vie. C'était une femme malade. Elle était de celles dont le docteur disait : « Nous pouvons la refaire fonctionner. Nous pouvons lui épargner le pire. »

Et cela avait du sens. À la façon dont il le disait, on y croyait. Sa famille, à qui nous expliquions l'intervention, en convenait également.

Les parents étaient déjà âgés. Une sœur aussi était là. Elle patientait avec son fils adulte dans le couloir.

« Bien », a dit le père au terme de la discussion. Il a pris le formulaire de consentement, a jeté un bref regard à sa fille, et a signé.

Le docteur et ses assistants se sont retirés les premiers. Il les reverrait le lendemain, a-t-il dit. Et quelque chose de nouveau commencerait. Il partait toujours sur ces mots.

J'ai proposé à la famille de rester un peu, ce qu'elle a poliment décliné. Comme presque toutes celles et ceux qui amenaient leurs proches à la clinique pour l'intervention, ils voulaient repartir vite et revenir quand tout serait terminé.

Je les ai raccompagnés jusqu'à la cage d'escalier. Je leur ai serré la main.

« Il n'y a vraiment aucun argument contre ? » a demandé la sœur quand je lui ai dit au revoir. Elle a gardé ma main un instant dans la sienne.

« Elle ne sera plus un fardeau », ai-je dit. En général, cette phrase balayait les derniers doutes. Je l'ai ponctuée d'un signe de tête. La sœur a relâché sa poigne, mais ses yeux sont restés rivés sur moi.

« Il ne faut pas vous attendre à ce qu'elle devienne quelqu'un qui n'existe pas. Nous restons dans le domaine du possible. C'est tout. » J'ai tourné les talons. « Viens », a dit doucement le fils à la sœur, mais elle n'a pas bougé. J'ai senti son regard s'attarder sur moi. Il avait le même scepticisme que celui de Sarah. Il m'a suivie quelques pas. Il me suivrait probablement tout le reste de la journée, jusqu'au foyer, jusque dans le sommeil. Cela m'épuisait. Je me suis tournée une dernière fois vers elle. « Ça ne la guérira pas. »

Le lendemain matin, quand j'ai voulu prendre la relève de l'infirmière de nuit, j'ai été directement convoquée dans le bureau du docteur. La famille de la femme avait provisoirement retiré son consentement. Elle demandait plus d'informations. Elle voulait rencontrer des patientes qui avaient subi l'intervention. Mes mots avaient sonné comme un avertissement, les dissuadant de se fier aveuglément à leur espoir.

Le docteur nous a fait apporter du café. Il a dit : « Je vous comprends. Mais je ne peux pas tolérer un tel comportement. Je dois le réprimer avant que ça n'aille trop loin. »

Ses lèvres ont tressailli. J'ai repensé à ma peur d'autrefois, la peur qu'il m'apprécie. La peur de son sourire. Alors que c'était la douleur qui soulevait les coins de sa bouche. On ne pouvait s'en rendre compte à moins d'être suffisamment proche de lui.

« C'est un risque que j'ai délibérément pris. » Il a bu une gorgée dans sa tasse. D'habitude, il ne le faisait pas. Il laissait toujours le café refroidir devant moi. « J'avais conscience que ce genre de chose pouvait arriver avec vous. » Il m'a regardée droit dans les yeux. « Après tout, vous n'êtes qu'un être humain. »

J'avais soif. J'ai voulu prendre ma tasse, mais elle a tinté contre la sous-tasse. J'ai retiré ma main.

« Je vais vous changer de service. C'était peut-être trop, ici. Ça vous donnera l'occasion de remettre de l'ordre dans votre tête. Et ensuite on verra. »

J'ai hoché la tête. C'est tout ce que je pouvais faire. Mon courage n'était d'aucune utilité ici.

« Il y a eu de bons résultats dans d'autres cliniques, a-t-il dit, pour les troubles comme le vôtre. Des penchants qu'un être humain ne devrait pas avoir… Il ne faut pas laisser traîner ces choses-là. Je voudrais aussi proposer ce traitement ici. Ça pourrait être une solution pour vous. J'aimerais vous aider. »

Puis il s'est levé. Il m'a tendu la main. « Je prendrai de vos nouvelles. »

Je lui ai serré la main. « Au revoir », ai-je dit tout bas. Il a cligné des yeux.

10

Ça arrivait. Les infirmières avaient des conflits et devaient changer de service. J'avais évidemment supposé que je ne serais jamais concernée. Mais quand ça m'est arrivé, j'ai attendu en vain de me sentir bouleversée.

J'ai été mutée dans le service du deuxième étage. Mon ancienne voisine de chambre y avait suivi sa formation en médecine interne. Les premiers temps, chaque fois qu'elle parlait du travail, elle devenait blême. C'était rude, disait-elle. Les vieilles infirmières imposaient un régime sévère. Elles ne se préoccupaient pas de compassion. Peu importe envers qui.

Ça n'avait pas changé. Ça se voyait à la façon dont les jeunes montaient l'escalier et se mettaient en rang pour la transmission. C'était le pouvoir des vieilles infirmières. Un jour, ce serait aussi le mien.

Je m'en fichais. J'avais l'habitude. Je savais guetter le moindre signe. Même la peur coulait sur moi, alors qu'elle aurait dû m'étreindre. J'étais sous surveillance. Le docteur avait dit qu'il prendrait de mes nouvelles. Et pourtant, je n'éprouvais que de l'indifférence. « Oui », me contentais-je de dire aux vieilles infirmières. Je faisais ce qu'on me demandait, sans contester ni m'incliner.

Je changeais les draps souillés, je soignais les plaies, je donnais les médicaments, je lavais les corps, et quand on me dérangeait ou me rabrouait, je ne ressentais aucune honte.

J'attendais que l'infirmière termine sa tirade. Elle était comme moi talonnée par le temps. Ça ne durait jamais longtemps.

Seules les nuits étaient éprouvantes. Le silence pesant sur ma nuque. La fatigue autour de trois heures, une fatigue martelante, vrillant les yeux et les jambes, envahissante. La mort qui rampait à reculons. Je peinais à la tenir en échec.

À la fin de mon service, je me suis assise sur un banc dans le vestiaire. Je pensais au jeune homme qui avait été saisi de fièvre. La fatigue s'était envolée depuis longtemps. Je sentais la montée des heures matinales. La joie que ce jeune homme soit vivant.

Quand j'ai levé les yeux, j'ai vu Sarah. Elle se tenait à quelques mètres de moi.

Nous nous sommes dévisagées, perplexes. La nuit avait laissé son empreinte sur nous. Le tablier de Sarah était maculé de sang. La sueur avait teinté le bord de son uniforme.

« J'ai entendu ce que tu as fait. » Elle s'est avancée et s'est assise à côté de moi. Elle a étendu les jambes. « Avec la patiente qui devait être opérée. » Elle a sorti ses cigarettes et s'en est allumé une.

« Une bêtise, voilà ce que c'était. » Elle a soufflé la fumée. Elle faisait donc partie de celles dont on retrouvait ici les mégots, au sujet desquelles on râlait, qu'on maudissait, parce qu'elles ne pouvaient pas attendre cinq minutes d'être sorties pour allumer leur clope. Impossible, ai-je pensé. Elle est impossible.

« Ne refais plus jamais ça s'il te plaît. » Elle n'était pas attentive à sa cigarette ; de la cendre est tombée sur son tablier.

« Je ne peux pas perdre encore une fois quelqu'un. »

Je l'aimais tellement. J'en ai eu le souffle coupé, juste une seconde, juste un instant.

11

J'allais voir Marianne une fois toutes les deux semaines. Je me coiffais avant chaque visite. Je nettoyais et cirais mes souliers. J'empruntais le sac à main d'une infirmière de bonne famille. Elle redressait le col de ma robe. Elle faisait coulisser le sac du creux de mon coude, où je le portais, à l'endroit juste. Elle décelait chaque détail. Pas comme lui.

Il était toujours là. Il a semblé presque heureux quand j'ai passé la porte. « Bonjour ! » a-t-il dit, l'air de vouloir me prendre et me serrer dans ses bras. Mais on lui avait fait oublier ces gestes. Il m'a donc transmis sa joie par sa poignée de main.

« Bonjour », ai-je répondu. Je me suis aperçue que nous nous n'étions encore jamais officiellement présentés. Désormais c'était trop tard.

« Marianne, a-t-il dit en embrassant sa sœur sur le front, ta visite est là. » Puis il m'a cédé sa chaise. Il s'est immobilisé, sa joie s'est effacée, il s'est à nouveau affaissé.

Un étrange changement était en cours. Marianne semblait se transformer en pierre. Ses cils, ses ongles, sa bouche, sa peau, comme si le temps dans ce lit n'avait pas de prise sur elle. Lui, en revanche, disparaissait peu à peu. Il était maigre, son visage émacié, sa voix fluette, et sa présence – qui lui avait été donnée pour remplir chaque espace – se réduisait à sa simple personne. Seule la joie de mon arrivée le réveillait. Et parler des progrès de Marianne. Des progrès que personne sinon lui ne voyait.

« Comment ça va, au travail ? a-t-il demandé.

— Bien, merci. » Je n'ai pas dit : il y a eu un accident. Un dérapage de ma part. Depuis, j'ai des doutes sur qui ou ce que je suis.

« Je joue aux cartes avec elle », a-t-il dit. Il a pointé le jeu à côté des photos. Il m'en parlait à chaque visite. Il disait suivre ses clins d'œil ou la pointe de son doigt. Qu'elle avait déjà gagné une fois de cette façon-là. Et il oubliait et me le reracontait la fois d'après.

« Il y a eu des visites depuis la dernière fois ? ai-je demandé.

— Tu sais comme ils sont. » Ses sourcils se sont froncés. Ce froncement me disait : non, tu ne sais pas comme ils sont. Tu ne sais rien de nous, tu n'es pas l'une des nôtres. Puis le froncement a disparu.

« Notre père a agrandi la fondation. Il paie désormais des études aux enfants d'ouvriers surdoués. Tu savais ? »

J'ai secoué la tête.

« Il est prêt à se retrousser les manches et à tirer n'importe qui de la fange. Sauf nous, bien sûr. Nous, nous sommes les siens, ça impliquerait de… de se regarder dans la glace. Supporter ce spectacle. »

Il s'est éclairci la gorge. « Mais qu'est-ce que je raconte. Tu es là. Tu as fait tout ce chemin. Marianne était au désespoir quand tu es partie, il y a quelques années. De tous les endroits où tu aurais pu aller après l'internat, tu as choisi ce coin perdu. » Son ton était lourd de reproches. « Tu y as épousé quelqu'un ?

— Non. » L'ancienne voisine de chambre était partie chez sa sœur. Une dent en guise d'adieu, et Marianne n'avait plus jamais entendu parler d'elle.

Je lui en étais reconnaissante. Reconnaissante de savoir qu'ici, je pouvais prendre sa place. Être elle durant quelques heures. Comme ça, je n'étais pas rien. Comme ça je n'avais pas à être moi.

Le frère a enregistré ma réponse. « Il y a un médecin ici qui propose une nouvelle thérapie, a-t-il dit.

— Quoi comme thérapie ?

— Il est… plutôt optimiste.

— À quel sujet ?

— Un médicament administré à haute dose. Si haute que… » Il a serré le poing et frappé son thorax. « …qu'on pourrait faire repartir un cœur qui s'est arrêté.

— Qui est ce médecin ? »

Il s'est dirigé vers la table. Il a servi deux verres d'eau, mais n'a ramené que le sien.

« C'est ce que mon père a demandé. » Il a avalé de travers et s'est mis à tousser. « Il appelle ici, je te l'ai dit ? Il veut qu'on lui mette le combiné à l'oreille pour pouvoir lui parler. Il lui raconte sa journée. » Il s'est essuyé la bouche du revers de la main. À la mine qu'il faisait, on aurait dit qu'une odeur l'indisposait. « Je suis son portrait craché. Plus que mes frères et sœur. Le nez, les yeux, les oreilles, la bouche… tout. On nous confond même au téléphone.

— Je ne vous confondrais pas.

— Si, tu nous confondrais. » Tout à coup il a souri. Il souriait, et il devenait un autre homme. « Mais merci de le dire. »

Son sourire était contagieux. Il était partout dans cette chambre. J'ai regardé Marianne, convaincue qu'il la contaminerait aussi.

« Dis-moi ce que tu sais de ce traitement. » Moi aussi, je voulais goûter l'espoir qu'il nourrissait en lui. Je n'aurais pas dû, pas moi, j'aurais dû savoir. Et pourtant je voulais.

12

Elle a ouvert la porte alors que j'étais en train de me changer. « Pardon, a-t-elle dit en la refermant.

— Entre, je t'en prie. » Tu me connais, ai-je ajouté dans ma tête.

« Comment était ta nuit ? » Elle s'est glissée derrière moi dans la chambre.

« Longue.

— La mienne aussi. »

Depuis que je faisais à nouveau des nuits, nous nous voyions plus souvent. Nous nous disions toujours au revoir de la même façon : « À samedi. » « À lundi. » « À la semaine prochaine. » Le désordre coutumier revenait, et dans un coin notre plante, indifférente à tout ce qui s'était passé dans cette chambre, affichait son vert éclatant.

« Tu as déjà mangé ?

— Non.

— On descend voir ce qu'il y a ? »

Nous avions recommencé depuis peu à prendre des repas ensemble. « Je veux bien. »

Un bref regard par-dessus mon épaule m'a indiqué qu'elle portait encore son manteau. Elle a attendu que je termine et libère l'accès à l'armoire pour ne pas venir trop près de moi. Depuis que nous cohabitions à nouveau dans cette chambre, nous évitions toute proximité et contact.

« Meret », a-t-elle dit à voix basse.

J'ai senti mon cœur faire un bond. Elle disait mon nom, et une brèche s'ouvrait dans la frontière invisible qui nous séparait.

« Je suis presque prête. » Je me suis assise sur mon lit et j'ai défait ma tresse. Mon cuir chevelu était douloureux. Je l'ai massé du bout des doigts.

« Tu fais attention, n'est-ce pas ? » Elle était toujours assise.

« Bien sûr que je fais attention. » Je n'ai pas dit : je me fiche de ce qui arrive au travail. Je ne l'avais dit qu'une seule fois. Elle s'était fâchée. Les dents serrées, elle m'avait interdit de le répéter.

« Qu'est-ce qui te tracasse ? » Elle a joint les paumes de ses mains.

J'ai levé les yeux vers elle. Les premiers temps, nous fuyions même les regards. J'avais redécouvert chaque angle, chaque araignée de cette chambre pour éviter de la regarder.

« Une rencontre. »

Elle a levé les yeux à son tour. Mon corps s'est raidi.

« Quelle rencontre ? »

L'image de la jeune femme a surgi dans ma tête. Le sac de lessive, l'aridité de ses mots. Ça ne partait pas. « C'était l'une de mes patientes.

— Elle a subi l'intervention ? »

J'ai hoché la tête.

« Et elle s'en est sortie ? »

J'ai encore hoché la tête, cette fois avec plus de conviction. « On l'a laissée partir après trois jours, tout s'était bien passé. Ensuite… » La poitrine me brûlait. « Ensuite, une nouvelle vie a commencé pour elle.

— Qu'est-ce que ça signifie ?

— Elle travaille à la blanchisserie maintenant. Je l'ai croisée alors qu'elle portait le linge à la clinique.

— Mmhm. » Sarah s'est frotté les mains. « Et c'était comment ?

— C'était... » J'ai secoué la tête. Je revoyais devant moi les vêtements de Vera, qu'elle avait pliés et rangés sous sa couverture à la clinique. Sa petite valise, si légère. Le tressaillement sur son visage, comme si elle avait eu peur de moi durant notre rencontre.

« Tu te souviens de son nom ?

— Vera.

— Vera. » Sarah a fermé les mains. Elle y enferme ce nom, ai-je pensé. Il n'ira plus nulle part. J'ai senti une rébellion infantile se lever en moi.

« J'ai travaillé avec le temps, ai-je dit, exactement comme les vieilles infirmières me l'ont appris. Mais je ne comprends pas... Elles ont dit que je n'avais qu'à m'acquitter de mes tâches, jour après jour, et qu'à un moment donné, je ne distinguerais plus les visages. J'aurais une vision globale. Le temps serait de mon côté. »

Sarah se taisait. Elle s'est levée et a enlevé son manteau.

« Ce n'est pas comme ça que ça devrait être ? ai-je demandé, la voix tremblante.

— Non. » Elle a secoué la tête. « Non, surtout pas. Je... Jamais je n'oublierai le visage de mes patientes. D'où te vient l'idée que le temps pourrait être de notre côté ? »

Son ton m'a serré la gorge. Tout était si fragile dans cette chambre. Le moindre mot, le moindre geste. Un mouvement brusque, et tout serait terminé. J'ai gardé le silence.

Elle a mis ses chaussures dans l'armoire. Elle se fichait toujours autant que les autres les enlèvent en entrant dans la maison. Sarah traversait le foyer avec ses chaussures, piétinait l'escalier avec ses chaussures, remontait le couloir à pas lourds, indifférente au nombre de remarques qu'on lui avait déjà faites.

Elle a posé son manteau. Elle ne portait encore ni écharpe, ni gants, ni bonnet. Alors que le froid était déjà revenu.

« Tu as des nouvelles du docteur ? » Elle a retiré ses bas et les a lancés dans l'armoire.

« Il me transmet parfois ses salutations.

— Ses salutations. » Elle a fait quelques pas. « Ses salutations », a-t-elle répété pour elle. Elle a passé les doigts sur ses lèvres.

« Ça te manque ?

— Oui, ai-je avoué.

— Vos discussions ?

— J'aimais être dans son bureau et savoir que… des choses sont possibles. »

Elle s'est immobilisée. « Je comprends.

— Vraiment ?

— Tu crois que je n'ai pas d'orgueil ? » Elle a secoué la tête. « Tu devrais me connaître, depuis le temps. »

Oui, je la connaissais. Son corps m'était si familier. Ça me manquait chaque jour de la toucher.

« Viens, a-t-elle dit, allons manger quelque chose. » Je me suis levée. Je l'ai suivie hors de la chambre, dans le couloir, en regardant ses mains, les mains dans lesquelles elle avait enfermé le nom de Vera.

13

Le frère m'a appelée un dimanche pour m'annoncer que Marianne allait mourir. « Son état aurait dû s'améliorer », a-t-il dit. J'ai entendu l'indignation dans sa voix.

Au cours des dernières semaines, elle avait suivi ce traitement expérimental. C'était un médicament initialement utilisé dans d'autres domaines. À très forte dose, il était censé peu à peu l'éveiller. Au lieu de quoi, son corps – qui jusque-là avait gardé toutes ses fonctions – avait commencé à capituler.

« S'il te plaît viens », a-t-il dit. Pour s'en excuser aussitôt. Maintenant, avec la mort aussi proche, je n'avais plus rien à faire auprès d'elle. Les membres de la famille reprendraient leurs rôles, seraient à nouveau père, mère, frères, prêts à de vrais adieux, prêts à un vrai deuil. Dans l'intimité, comme on disait pour ce genre d'évènement. Seulement avec les siens.

« Tout ça n'aura servi à rien. » Il a dégluti. « Merci, a-t-il dit tout bas. Je te remercie. Tu étais là. Merci. »

Après avoir raccroché, je suis retournée dans notre chambre. Je me suis assise sur mon lit et j'ai regardé par la fenêtre. Je ne pouvais pas voir le lit de Sarah.

Il avait simplement hoché la tête quand je lui avais dit la dernière fois qui j'étais. « Oui, je m'en doutais. » Et pour lui c'était réglé. Ce secret n'avait aucun pouvoir dans la chambre de Marianne. J'ai compris qu'il aurait accueilli toute personne qui aurait passé cette porte pour venir la voir. Toute personne qui aurait écourté de quelques minutes sa solitude avec elle.

Des jours ou des heures. C'est tout ce qu'il restait à Marianne. Et quand ce serait terminé, ses cheveux continueraient à pousser. Bien malgré elle.

Je me suis préparée à l'annonce. Je croyais qu'elle me soulagerait.

J'avais brièvement partagé l'espoir du frère : Marianne ouvrirait les yeux, et tout serait comme avant l'intervention. Sauf que sa colère ne se réveillerait pas avec elle. Sa colère continuerait de dormir.

J'avais tôt fait d'enterrer cette image. Je ne voyais plus que mes visites à Marianne, et la perpétuité de cette situation. J'étais incapable de dire comment elle allait. Peut-être qu'elle n'allait pas si mal. Qu'est-ce que j'en savais. Moi seule sentais le poids chaud de sa vie, et aurais voulu en être délivrée.

Cinq jours après avoir entendu le frère si indigné, le téléphone a encore sonné. Je me suis précipitée en chemise de nuit. Il était dans tous ses états, et rien ne laissait augurer la mort dans sa voix.

« Ma sœur aimerait te voir », a-t-il dit.

14

Elle avait toujours quelque chose d'inaltéré par le temps, apparu depuis que son corps avait glissé dans ce nouvel état. Mais il y avait aussi une intranquillité. Elle était peut-être effrayée de savoir que ce corps n'avait pas besoin d'elle pour durer. Qu'il avait été bâti pour fonctionner et que tant qu'il en aurait le pouvoir, il ne la laisserait pas s'en aller.

« Bonjour, ai-je dit.

— Tu as pris ton temps », a-t-elle répondu. Elle ne s'était pas encore réapproprié sa voix. Ses mots étaient engourdis, comme si elle imitait une langue qu'elle ne maîtrisait pas. Elle a posé la main sur sa gorge. Les vibrations dans son larynx devaient lui sembler étranges.

Je suis restée debout vers la table. Elle a désigné la chaise à côté du lit.

« Assieds-toi. » Elle a hésité. « S'il te plaît », a t elle ajouté, incertaine de si c'était un lieu où elle devait me dire s'il te plaît.

J'étais soudain si proche d'elle. Je voyais les sillons de sa peau. Les ramifications qui s'étiraient sur sa joue.

« Mon frère m'a dit que tu étais venue. » Elle a montré la table près de la fenêtre recouverte de bouquets. « À part vous deux, il n'y a que la botanique qui vient me rendre visite.

— Tu t'en souviens ?

— De quoi ? De toi ici ? »

De ce qu'on t'a fait, aurais-je voulu dire. Au lieu de quoi j'ai acquiescé.

« Peut-être. » Ses doigts ont à nouveau cherché sa gorge. Ils l'ont effleurée tandis qu'elle reprenait. « Parfois des images me viennent. Comme un rêve dont on se souvient au cours de la journée. Un rêve très long, très ennuyeux. »

J'ai aperçu les cartes sur sa table de nuit. « Ton frère jouait avec toi. Il m'a parlé de vos parties. Tu t'en souviens ?

— Avec moi, il jouait ? » Elle a soufflé bruyamment. « Il jouait avec lui-même, ce vieil imbécile. » Elle a tendu la main vers les cartes et les a fait tomber à côté de moi.

« Il m'a laissée seule. Pendant des années. Il a fait comme si c'était une loi de la nature. Il est un frère et je suis une sœur et… ce sont deux mondes différents. »

Elle haletait. Parler lui coûtait presque toutes ses forces. J'aurais voulu la calmer. Poser ma main sur la sienne. J'aurais voulu lui parler de Wilm. Lui dire que mon frère aussi avait disparu, dans un autre monde. Je n'ai rien dit.

« C'est toujours là », a-t-elle dit au bout d'un moment. Elle a enroulé sa main dans le drap. « C'est toujours en moi.

— Quoi ? »

C'est là que j'ai remarqué le cadre photo. Sur la table de nuit. Elle avec sa famille. La vitre était brisée.

« Ta colère ?

— On m'a dit que j'avais de la chance. Qu'on en revient rarement. Ça ne va pas tenir. C'est aussi ce qu'ils ont dit. Mais ils disent beaucoup de choses. Ils savent tout. Apparemment.

— Si je peux… »

Elle a secoué la tête. Ma culpabilité ne l'intéressait pas.

« J'espérais que ça partirait. Je me serais réveillée et… je n'aurais plus été en colère. »

Elle a levé les yeux vers moi.

« Le docteur est venu.

— Ici ?

— Il s'est assis là où tu es assise. Il a dit que si ça allait mieux… si ça restait comme ça… mon état… on pourrait réessayer.

— Non », ai-je balbutié. Ma voix peinait à prononcer ce mot. « Non », ai-je répété. Ma nuque était glacée. J'ai essayé d'imaginer le docteur à son chevet. Ses mots toujours pleins de sens, qui constituaient sa plus grande compétence, plus que tout ce que touchaient ses mains.

« C'est bon. » Elle a secoué la tête. « Moi non plus je ne veux plus. »

J'ai senti les larmes me monter aux yeux. J'aurais voulu ouvrir sa main et me blottir dans son creux. J'aurais voulu pleurer sur son sort.

« Emmène-moi loin d'ici. » On ne pouvait pas se détourner d'elle, quelque chose l'empêchait. Du moins quand on était si près.

« Peu importe où. » Elle a repoussé la couverture de ses hanches. J'ai vu sur ses cuisses les traces de son alitement prolongé. « Mais loin de ces chambres où je suis… malade et… abîmée. » Elle a dégagé sa main du drap.

Son regard m'avait piégée. J'ai dû la regarder droit dans les yeux pour lui dire : « Je ne peux pas. »

15

Elle dormait. J'aurais voulu m'approcher et la réveiller, mais je me suis arrêtée à la table. Je me suis appuyée et l'ai observée.

Je m'étais levée avant son retour, j'avais fait ma toilette, mangé. Comme j'étais de nuit, j'avais la journée devant moi. J'étais sortie faire quelques courses. Je m'étais assise à la terrasse d'un café. J'avais été la seule à manger une part de gâteau dans le froid.

« Sarah ? »

Elle n'a pas réagi. Quelques mois plus tôt, je l'aurais réveillée en embrassant ses paupières. Je me souvenais parfaitement de la texture de sa peau sous mes lèvres.

Je me suis avancée vers elle. Je me suis agenouillée au pied de son lit. « Sarah », ai-je dit un peu plus fort.

Elle a ouvert les yeux.

« Je voudrais te demander quelque chose. »

Elle a hoché la tête, encore assoupie.

« Et si on partait avec Marianne ? » J'ai posé mes bras sur son lit. « On fait un plan, et on s'en va. »

Elle m'a dévisagée, l'air de se demander si elle rêvait.

« On part, Sarah. »

Elle a secoué la tête, confuse. J'ai pris une grande inspiration pour finir avant qu'elle ait la force de me répondre. « On part d'ici, et on ne revient pas. Il nous faut juste une voiture. Tu sais conduire, n'est-ce pas? Et un lieu où aller. Et un plan bien sûr. Il nous faut un plan. »

Elle avait désormais les yeux grands ouverts. Elle a pris mes mains dans les siennes. « Tu es folle? Qu'est-ce que tu racontes? C'est impossible.

— Pourquoi pas? Parce qu'on a des obligations? » J'ai senti comme ça ébranlait mon corps. L'excitation me transperçait jusqu'au bout des orteils. « Parce que ce n'est pas bien? Parce qu'on mériterait d'être punies?

— Parce que... » La voix de Sarah s'est brisée. Elle me serrait les mains, comme elle ne m'avait pas serrée depuis des semaines. « Parce que... »

Elle a une nouvelle fois secoué la tête. Elle s'est tue. Sans elle, ai-je pensé, sans elle je vivrais tranquille.

« Tu es sérieuse? »

J'ai acquiescé. Elle tenait mes mains près de sa bouche. J'ai cru qu'elle allait les embrasser. Mais elle a simplement posé sa tête contre elles.

16

Il faisait presque nuit quand nous sommes parties. Nous avons traversé la banlieue en silence. Sarah ne se fiait pas aux feux verts. « Regarde s'il n'y a rien », m'ordonnait-elle aux carrefours. Le reste du temps, elle se taisait. Elle nous conduisait à travers les routes, toujours plus loin dans la campagne. Elle avait mémorisé la carte. Elle avait dit que pour trouver le chemin, elle ne faisait confiance qu'à elle-même.

Nous étions en avance. Nous nous sommes garées à l'écart et nous avons attendu. Sarah a éteint le moteur. Elle a ouvert la boîte à gants, pris ses cigarettes et en a glissé une entre ses lèvres.

« Je peux aussi ? ai-je demandé.

— Non. » Elle a tourné la manivelle pour baisser la vitre. Elle a sorti un paquet de bonbons à la menthe de son sac et me l'a tendu. « Tiens. Si tu veux devenir dépendante, prends ça. »

Nous sommes restées ainsi un moment. Sarah a fumé une deuxième, puis une troisième cigarette. Alors qu'elle entamait la quatrième, l'envie lui a passé. Elle l'a jetée par la fenêtre.

Elle avait acheté la voiture trois jours plus tôt. Toutes nos économies y étaient passées. Elle avait déjà beaucoup roulé avec ses anciens propriétaires, trop à mon goût. Sarah néanmoins était certaine qu'elle nous amènerait à destination.

La tôle, ça la connaissait, avait-elle affirmé. Elle pouvait dire d'emblée qu'elle nous serait fidèle.

« Tu crois qu'elle va venir ? » Vingt minutes déjà avaient passé depuis l'heure convenue. J'ai senti un bref espoir. L'espoir de rentrer et de retourner à notre ancienne vie.

« On verra. » Sarah s'est adossée à son siège. Elle avait l'air calme, mais son cœur battait à tout rompre. Je le voyais cogner sous sa poitrine.

Elle m'avait embrassée. Après avoir acheté la voiture, elle était entrée dans notre chambre, avait pris mon visage entre ses mains, et m'avait embrassée. « On le fait vraiment. » Elle m'avait tirée sur son lit. Elle avait appuyé son front contre le mien. « On le fait vraiment. » À partir de là, chaque caresse était allée de soi. Son cou. Ses aisselles. Son ventre. Ses jambes. L'intérieur chaud de ses cuisses. Ses yeux sur moi. Ses halètements. Les cris qu'un oreiller étouffait à peine. Son corps épuisé qui dans l'étreinte se fondait presque dans le mien.

Je ne voulais pas revenir en arrière.

« Ça va aller. » Elle a tendu le bras et enfoui sa main dans mes cheveux. « Ça va aller. »

Tant qu'on est ensemble, ai-je complété en silence. J'ai respiré plusieurs fois profondément, fermé les yeux, inspiré l'air frais. Notre voiture sentait le cuir et la fumée. Notre voiture, ai-je pensé, et le bout de mes doigts s'est réchauffé.

« Ils arrivent. » Sarah a retiré sa main de mes cheveux et a tourné la clé dans le contact. J'ai regardé par la fenêtre, en direction des deux silhouettes qui s'approchaient. Marianne était assise dans un fauteuil roulant poussé par son frère. Ses jambes ne la portaient pas encore très loin. Les dernières semaines n'avaient pas suffi à reconstruire ses muscles. Elle avait, nous avions des mois à patienter avant qu'une longue promenade soit possible.

« Bonsoir », a dit le frère en tendant la main à Sarah. Son formalisme a failli me faire éclater de rire. Marianne nous a fait un signe de tête. Un mince sourire flottait sur ses lèvres.

Le frère l'a aidée à monter sur la banquette arrière. Il l'a serrée dans ses bras. Il a fermé la portière et posé sa main contre la vitre. Elle a pressé la sienne depuis l'intérieur. Puis il a tapoté le capot. « Prends soin de toi », a dit Marianne tout bas. Elle a serré les lèvres.

Je l'ai vu s'effondrer dans le rétroviseur. Pas comme ceux qui tombent à genoux, se jettent par terre et sanglotent. C'était un Ellerbach, sa contenance le dépassait.

Nous avons parcouru le chemin en sens inverse. Le malaise grandissait en moi plus nous approchions de la ville. Sarah avait déclaré que c'était le meilleur itinéraire. Pas de détour inutile qui nous aurait coûté des heures sur notre objectif. J'ai posé mes mains sur mes genoux. J'ai essayé d'imaginer le cœur de Sarah. Comme il battait.

« On peut faire demi-tour à tout moment, ai-je dit à Marianne au moment où nous bifurquions à la gare pour sortir de la ville.

— Je sais. »

Elle avait dit à son frère qu'il avait une dette envers elle. Pour toutes les années où il l'avait laissée seule. Elle lui pardonnerait. S'il la laissait s'échapper.

« Je sais. »

Marianne n'a pas tardé à s'endormir ; Sarah et moi nous sommes retrouvées seules tandis que les lumières autour de nous se faisaient de plus en plus rares. « Tu aimerais que je te parle pour te maintenir éveillée ? ai-je demandé à Sarah.

— J'aimerais que tu me dises de temps en temps : continue tout droit.

— Continue tout droit ?

— Oui. Ça suffit.

— Je peux faire ça.

— Bien. »

Nous ne nous sommes arrêtées qu'une seule fois. Sarah a saisi la minute où je me soulageais au bord de la route. Dans la voiture éclairée, je l'ai vue s'accouder au volant, joindre les mains et fermer les yeux. Elle a dit sa prière en silence.

Nous avons réveillé Marianne. Elle a ouvert les yeux, nous a regardées, avec un calme que je ne lui connaissais pas.

« Ça va ? ai-je demandé en mettant ma main sur son front. Tu sais où nous sommes ?

— Oui. Et oui. Je peux me rendormir maintenant ? »

Elle nous a laissées détacher sa ceinture, poser ses pieds sur la banquette et glisser un coussin sous sa tête. Elle a brièvement serré ma main quand je l'ai recouverte.

Nous avons traversé quelques villages, puis plus rien. Seuls les phares de la voiture indiquaient le chemin. J'ai senti que je me détendais peu à peu. Il y avait le mouvement uniforme du trajet, les irrégularités de la route, nous.

« Continue tout droit. »

Nous n'avions pas pu tout emporter. Une dispute avait éclaté au sujet de la plante. Qu'elle revienne aux prochaines habitantes ; elle ferait de leur chambre une maison. Sarah voyait les choses autrement. Elle avait même menacé de ne pas conduire si la plante restait au foyer.

« Continue tout droit. »

J'ai regardé les vitres embuées. J'ai dessiné du doigt des motifs sur la condensation. J'attendais la pluie, qui viendrait tôt ou tard arroser la voiture, les gouttes étirées en filets par la vitesse.

« Attends-moi là. »

J'avais dû m'assoupir. Je me suis réveillée quand la voiture s'est immobilisée. Dehors il faisait encore nuit. Tout était étranger.

Sarah est descendue de la voiture. Elle s'est dirigée vers une fenêtre éclairée. Elle s'est baissée et a lancé des cailloux contre la vitre. Des cris de protestation se sont fait entendre, puis la fenêtre s'est ouverte brutalement.

« Qu'est-ce que c'est que ce cirque ? » a hurlé la femme. Elle a posé les yeux sur sa fille. « Ça va pas de débarquer en pleine nuit ? Je croyais que vous arriviez demain ! » Elle a disparu de la fenêtre. On l'a entendue pester à travers le couloir. « Tu as ramené toute une caravane ? Pourtant c'était… tu avais dit combien de personnes déjà ? C'est pas un hôtel ici ! »

La porte s'est ouverte. Elles baignaient dans la lumière du couloir quand elles se sont prises dans les bras. J'ai vu qu'elles se serraient très fort. Que la mère posait sa main sur la tête de Sarah et la soulevait presque de terre.

« Qu'est-ce que tu fais à ta vieille mère, a-t-elle râlé, tu veux me tuer ou quoi ? »

Je me suis tournée vers Marianne. Je lui ai doucement secoué le genou.

« Réveille-toi. On est arrivées. »

17

J'avais imaginé le musée d'une vie passée. Une maison pleine d'objets abandonnés.

« D'habitude je ne fume pas », ai-je entendu dire la mère de Sarah dans la cuisine. Une allumette a craqué.

Je m'étais arrêtée dans le couloir, sur le chemin des toilettes. Là, suspendues au-dessus de la commode avec le téléphone, étaient les photos dont m'avait parlé Sarah. J'ai essayé d'identifier les visages dans la pénombre. Ici tout était précieux. Ici tout était lié à elle.

Elle lavait nos assiettes. Le tintement de la vaisselle remontait jusqu'à moi. Elle prenait son temps. Je visualisais parfaitement le mouvement de ses mains. À notre arrivée, seule Marianne avait réussi à avaler plus d'un morceau de pain. Elle était presque bavarde.

« Je vais me coucher. Ma fille peut vous montrer où se trouvent les choses. »

Il faisait trop sombre pour distinguer quoi que ce soit sur les photos. Je me suis détournée et j'ai frôlé le combiné où avait dû si souvent résonner la voix de Sarah. Elle appelait sa mère toujours dans l'après-midi. Elle disait bonjour, attendait que sa mère aille chercher un verre d'eau, attendait parfois encore sans savoir si sa mère cherchait autre chose, ou si elle était assise en silence, à regarder par la fenêtre, happée par ce vaste paysage.

J'ai fait quelques pas. J'ai jeté un œil par les portes entrouvertes. À peine des contours. Des lits, des tables, des lampes, partout si peu de mobilier. Je ne m'étais pas attendue à ce vide.

« Sarah, le lit de camp est à la buanderie. Tu l'installes dans ta chambre ? »

Marianne s'est éclairci la gorge. « On doit toutes dormir dans la même chambre ? »

Je n'ai pas pu réprimer un sourire. Je me suis appuyée contre un cadre de porte, j'ai regardé dans le vide, aurais voulu m'allonger dans ce vide.

« Évidemment. » Une autre allumette. « J'ai l'air d'avoir de quoi chauffer toute la maison ? »

Je ne sentais pas encore la terre ferme sous mes pieds. À peine je fermais les yeux, tout se remettait à défiler devant moi.

« Tu peux aussi dormir avec moi, si tu préfères.

— Je préférerais, oui », a répondu Marianne du tac au tac.

La mère ne s'y attendait pas. Elle est restée coite.

Sarah a éclaté de rire. En riant elle a avalé de travers, toussé, essayé de reprendre son souffle. On lui a vigoureusement tapé dans le dos.

J'ai ri tout bas avec elle.

Je me souviens de notre premier matin dans cette maison.

Il faisait encore nuit. Elle était couchée, de dos, mais je sentais qu'elle était réveillée. Elle respirait vite. Elle avait pris conscience de la portée de tout ça.

Je me souviens qu'elle s'est tournée vers moi et m'a regardée sans un mot.

« Oui ? » J'ai tendu ma main en direction de la sienne et l'ai encouragée d'un signe de tête. L'ancienne vie que nous connaissions et savions mener était encore si proche. Notre chambre au foyer nous attendait. Les horaires. Les choses que nous n'avions pas eu la place d'emporter.

Elle a hésité.

Je me souviens du noir à la fenêtre. Le silence, que même la maison respectait.

Je ne savais pas comment ça marchait, ici. Je ne savais rien de cette nouvelle vie.

« Oui. » Elle a pris ma main. Elle m'a rendu mon hochement de tête. Elle a répété en chuchotant, pour ne pas déranger le silence qui nous porterait à travers les ans, jusqu'à cet endroit ici et maintenant :

« Oui. »

L'autrice remercie :

Kaśka Bryla, Melanie Waelde & Dorothee Elmiger pour l'accompagnement de ce texte, la critique et le tissage de possibilités.

Laura Dshamilja Weber et Lina Muzur pour leur relecture pleine de questions intelligentes, leurs remarques tenaces et leur dévouement pour ce texte.

Felicitas Hoppe pour une correspondance qui donne des ailes.

Julia Novacek et Hannah Martin pour les nombreuses conversations sur l'art et la vie. Hannah d'autant plus pour avoir trouvé le titre.

Helena Parada Kim pour cette image inoubliable, dotée de sa propre histoire, qu'elle a prêtée à cette histoire-là.

Julia Eichhorn et Zoë Martin pour l'inspiration, le café, le déchiffrage de contrats et autres.

L'équipe de Strodehne pour les semaines d'été inoubliables, dont sont nés mes passages préférés.

Carolin Krahl, Olivia Golde, Eva Schörkhuber, Jiaspa Fenzl & une fois encore Kaśka Bryla de la rédaction PS pour tout ce que nous sommes et faisons ensemble.

Anna Hetzer pour l'accompagnement de mon travail et de ma vie. Je ne veux plus jamais être sans.

Inspiré par :

Kaśka Bryla, *Roter Affe*
Anna Burns, *Milkman*
E. M. Forster, *Maurice*
Marlen Haushofer, *Le Mur invisible*
Patricia Highsmith, *Carol*
Violette Leduc, *Thérèse et Isabelle*
Toni Morrison, *Love*
Marie NDiaye, *Ladivine*
Marilynne Robinson, *Gilead*
Annemarie Schwarzenbach, *Nouvelle lyrique*
Alice Walker, *La Couleur pourpre*
Jennifer Worth, *The Midwife Trilogy*
(tome 1 traduit en français: *Appelez la sage-femme*)

Achevé d'imprimer
en janvier deux mille vingt-quatre
sur les presses de L.E.G.O. à Lavis, Italie,
pour le compte des Éditions Zoé
Composition Joseph Maye, Genève

IMPRIM'VERT®